暗闇のセレナーデ

黒川博行

角川文庫
23362

目次

第一章　アトリエ

1

手がしびれる。グラインダーを置き、ゴーグルを外す。額の汗を拭(ぬぐ)ったら、真鍮(しんちゅう)の粉が赤いタオルの中できらきら光った。アームチェアにもたれ込み、足許(あしもと)のカセットデッキに手を伸ばしたところを後ろから肩を叩(たた)かれた。

「冴子(さえこ)、お昼まだやろ」

美和(みわ)だった。赤いチェックのネルシャツにだぶだぶのオーバーオール・ジーンズ、胸あてに両手を突っ込み、寒そうに上体を丸めている。

冴子は立ち上り、カウチンセーターにマウンテンパーカをはおった。

「どこ行く」

「明陽軒(みんようけん)」

「またラーメンランチ？」

「上等やんか。私ら貧乏学生には質より量、味は二の次や」

美和に背中を押され、彫刻科金属工作室を出た。竹林を突っ切り、池に沿って芝生を歩く。

京都府立美術大学は西京区大枝沓掛、国道九号線のすぐ南側にある。キャンパスの広さは約三万坪、全体がなだらかな丘陵地で、枯山水を現代風にアレンジした広い中庭を囲むように、本館、彫刻棟、デザイン・工芸棟が配されている。

冴子と美和は正門を抜け、国道を渡った。

午後二時、昼時を過ぎて、「明陽軒」は空いていた。窓際に席をとる。時おり大型ダンプが通ったりすると、ガラスがギシギシ鳴る。

「毎日、毎日、ヤキメシとラーメンばかり。栄養失調になりそう」

「仕送り、まだなん？」

「一週間も遅れているの。電話してみなくちゃ」

「大変やな、お上りさんは。……そや、いいことがある」

美和は手を打ち、

「ね、今晩暇？」

眼をくりくりさせて冴子を見る。

「丸っきり暇ってわけでもないけど……」

何の予定もないが、一応そういって牽制した。美和はそんなことにお構いなく、

「久し振りにごちそう食べさせたげる。こんな厚いステーキやで」

いって、親指と人さし指をいっぱいに広げた。そんなタイヤみたいなステーキ、見たこともない。

「私、今晩、姉ちゃんとこへ行くんや。特上の神戸肉を用意してくれてるし、冴子も一緒に行こうな」

「だって……」

初めての家に不意に押しかけるほど図々しくはない。

「な、行こ。冴子もまんざら私の姉ちゃんを知らんわけやないやろ」

「それはそうだけど」

美和のお姉さんには一度だけ会ったことがある。去年の今頃、進級制作展の会場で簡単な挨拶を交わしたのだ。美和に似てすらりと背が高く、上品そうな人だった。聞けば、京都美大の漆工科の卒業生だそうで、冴子たちの十数年先輩になる。名前は加川雅子とかいった。

「冴子なら、姉ちゃんも喜ぶ。義兄さんは出張で東京やし、女三人で朝までドンチャン騒ぎしような」

「子供いないの」

「うん、いてへん。そやから、姉ちゃん、お客さんが大好きなんや」

美和の積極的な誘いに心が揺れる。なかなか楽しそうだ。タイヤステーキといわぬまでも、ゴムぞうりくらいは食べてみたい。

「仕方ない。つきあってやるか」

冴子はせいいっぱい恩着せがましくいった。

「で、お姉さん宅はどこにあるの」

「甲陽園……というても、冴子にはぴんと来んやろな」

「遠いの」

「行ったら分かる。すぐ近くや」

美和は小さく答え、さもおかしそうに笑った。

夕方、冴子と美和は大学を出た。風が冷たい。

桂から阪急京都線で十三、神戸線に乗り換えて夙川、そこから甲陽線で終点が甲陽園。木造平屋のこぢんまりした駅舎を出たのは午後六時十五分、日はとっぷり暮れていた。一緒に電車を降りた人々が家路を急ぐ。

「へえ、ここが甲陽園。美和にいわせれば、二時間の道のりが、すぐ近くなんだね」

冴子は周囲を見まわす。

「最初から遠いというたら、冴子が来てくれへん」

美和は舌を出す。

「それにしても寂しいところね。何もないじゃない」

駅前に数軒並んだ商店で、開いているのは喫茶店だけ。あとはみんな照明を落としている。

「このあたりは住宅街やし、目神山の麓やから広い土地がないんやて……と、これは姉ちゃんからの聞きかじり」

「何となく高級住宅街って感じだな。それで今晩のディナーを提供していただけるところは」

「山の中腹。歩いて十数分、しんどいで」

美和はマフラーを巻き直し、歩き始めた。冴子はパーカのフードをかぶり、後を追う。十分も歩くと、美和の言葉が実感として分かった。急勾配の登り坂がつづら折れに続く。吐く息が街灯を映して白い。美和もフーフーいっている。

「ねえ、まだ？」

「もうちょっと。あと二、三分」

「さっきもそんなこといってたじゃない。駅まで車で迎えに来てもらえばいいのに」

「姉ちゃん、食事の仕度に忙しい」

「タクシーに乗れば良かった」

「さっき、駅前を見たでしょ。タクシー乗り場なんかあらへん」

「そういえばそうね」

「ぶちぶち文句いわんと歩きなさい」

ローかセカンドで登っているのだろう、かん高いエンジン音を残して車が冴子たちを追い越して行く。駅から離れ、住宅街の奥に入るにつれて、建ち並ぶ家が大きくなるようだ。実際、このあたりまで来ると、塀のない家なんて見当らない。どれもが二百坪を超える豪邸ばかり、車寄せには、ベンツ、ＢＭＷ、ジャガーといった高級乗用車が駐められている。

「ああしんど。やっと着いた」

美和が曲がり角で立ち止まった。美和の背後は苔むした大谷石の石組み。その石の壁が見上げるほど高い。

「この上？」

「うん。あそこが階段」

美和の指さす方を見ると、石垣の二十メートルほど先に小さな鉄扉らしきものがあった。すぐ横はガレージだろう、車が三、四台入りそうな幅広のシャッターが降りている。想像以上の豪邸だ。

鉄扉を開け、二人はこれも石造りの広い階段を上った。冴子は石垣を見た時からどこか気圧されてしまい、ただ黙って美和に従いて行った。

上りきったところは五坪ほどのポーチだった。正面に寄木造りの二枚扉、両端に鋲のような装飾金具が付いている。大きく張り出した雨除けは銅板葺き、まさに門と呼ぶにふさわしい造りだ。表札は草書の崩した字体だが、〈加川〉と読めた。

美和がインターホンのボタンを押す。しばらく待ったが返事がない。家人が出て来る気配もない。

「おかしいな。こんなはずないんやけど」

美和は時計を見る。

「六時三十二分、ちゃんと約束の時間に来たのに」

呟いて、もう一度ボタンを押すが、状況は変わらない。

「インターホン、鳴ってるの」

「母屋が遠いから聞こえへん」

「こんなところでじっと待ってるつもり」

冴子は小刻みに足踏みする。汗がひいて首筋が冷たい。

「どうしよ……お金もらわんと帰るわけにもいかんし」

美和が呟いたのを、冴子は聞き逃さなかった。

「お金って何よ」

「あいた。聞こえた?」

美和は額をポンと叩き、

「実は、今日、姉ちゃんにお金もらう約束やったんよ。もうすぐ日本画のグループ展があるし、ちょっとカンパしてもらうつもり」

「いつまでたっても乳離れができないのね」

「水とお金は高いところから低いところへ流れるんです」

「それより、これからどうするの」

「どうするも、こうするも……」

美和はしゃがみ込んでしばらく考えていたが、

「冴子、足を広げなさい」

「何をするの」

「泥棒」

いうが早いか、美和は後ろに回って冴子の足の間に頭を入れた。ぐっと持ち上げる。冴子の体が浮き、丸い洋瓦を載せたスペイン風の塀にもたれかかった。月明かりの下、立木越しに中が見える。広い芝生の真中に陶製のガーデンセット、そこから続く飛び石の先に白い二階建の洋館、右端の窓から明かりが洩れている。

「どう、ようすは」

「誰かいるようだけど」

「そう。ほな、そのまま中に入りなさい」

美和がお尻を押す。冴子は塀の上に体を乗り出した。瓦が丸いから手が滑るし、バランスをとるのにひと苦労する。それでも、お腹を支えに体を半回転させ、両手両足で塀に抱きついた。

「まるで安物のコアラやな」

　下から美和がいう。

「どうせ私はおもちゃですよ」

たかが牛の厚焼につられて空巣まがいの所業に及んだ自分を嘲う。

冴子は芝生の柔らかそうなところをめがけて飛び降りた。扉の裏へまわる。門灯はポーチ側にしかないから、こちらは暗い。錠を探してうろうろしているところへ美和の声。

「あ、そや、忘れてた。この家な、大きなブルドッグ飼うてるんや。夜は庭に放してるから気をつけなあかんよ」

とは何たる親切。一瞬、後ろを振り返った。

「どこにブルドッグなんているのよ。犬小屋もないじゃない」

美和を迎え入れ、改めて邸内を見まわしながら冴子はいう。完全にうろたえてしまい、どうやって錠を外したのかも覚えていない。扉が開いた途端、外へ飛び出したほどだ。

「ジョークよ、ジョーク。人生には潤いというもんが必要や」

美和は涼しい顔で応じる。

「それが二十一にもなる大人のすること？」

「まだ二十歳（はたち）、あと一カ月やけど」

美和相手に何をどういおうが無駄というもの。

「美和、あれ何」

庭の西寄りにある公衆電話ボックスを大きくしたような四角の建物を冴子は指さした。

「風防室……いや、雨除け室とでもいうのかな」

「東屋（あずまや）のようなもの？」

「違う。あの建物の中は階段になってて、その階段は下のガレージにつながってる。車で帰って来た時は、ガレージから直接この庭に出られるんや」

「ずいぶんと贅沢（ぜいたく）ね」

「お金持ちいうのはそんなもんや。歩くのも嫌い、雨に濡れるのも嫌い、いやなことはすべてお金でカバーしようとする。……そんなことより、早う行こ。寒いわ」

美和はマフラーをひるがえして走り出した。

ポーチから玄関までは二十メートルほどもあった。建物の幅がやはり二十メートル、その両脇が十メートルずつあいているから、敷地の幅は約四十メートル。奥行きもざっと四十メートル、ほぼ正方形の敷地だ。家の背後、つまり正面奥が山側で、土を削ったあとを高さ二メートルのコンクリート擁壁で蔽っている。右と左は塀の続きで、その向こう側がどうなっているかは分からない。（四十掛ける四十で千六百平米。坪に換算すると……約五百坪。坪七十万と見積って約三億五千万円。百万なら敷地だけで五億円……恐ろしい）

「冴子、何をぶつぶついうてるの」

チャイムを押しながら、美和が振り返る。

「いえ、ちょっと……」

曖昧に笑ってみせる。

「おかしい。返事があらへん」

美和は何度もボタンを押す。重厚な木彫扉の向こうで、ピンポーンとかすかに音がする。扉には錠がおりている。

「約束の時間を間違えたんでしょ」

美和ならありそうなことだ。

「いや、二月一日、午後六時三十分。絶対に確かや」

「困ったね」

「こっち来て」

美和に腕を引かれ、一緒に建物の周囲を歩き始めた。赤褐色の屋根にアイボリーの漆喰壁がよく調和している。窓という窓はすべて上部がアーチ状になっていて、まわりに煉瓦が埋め込んである。かなり古い建築らしいが、うまく時間を取り込んで上品に古びている。

さっき冴子が見た右端の部屋はダイニングルームだった。ここだけ明かりが点いている。窓から内部を覗き込むが、人の気配はない。

建物の横手にまわった。どの窓もまっ暗。

裏へまわった。母屋から少し離れ、山肌に接して陸屋根の四角い建物があった。

「離れ」というには大きすぎる。

「あれは」

「アトリエ」

「アトリエ……お姉さん、漆工をしてるの。それとも趣味の陶芸？」

「ま、そんなとこ」

　美和はすたすたと先を行く。

　二人してアトリエの窓にとりついた。ここも暗い。

「中はどうなってるの。他人のアトリエっておもしろそう」

「そんなおもしろいもんでもない。さ、行こ」

　美和は興味なさそうにいい、窓を離れた。

　冴子は少し左に行って何気なく扉を押した。意外にも、扉は抵抗なく開いた。瞬間、異臭が鼻を刺した。

「ガスだ」

「何やて」

　冴子は叫んだ。

　美和が振りかえった。

「姉ちゃん……まさか」

　走り寄って来た美和は冴子を押しのけ、肩からアトリエの中にころがり込んだ。

「姉ちゃん！」

　闇(やみ)に向かって呼びかける。その響きで室内ががらんとした広い空間だと分かる。返事はない。奥の方からシューッというガスの音。臭いはいよいよきつい。

「美和、スイッチ。電灯のスイッチは」

咳(せ)き込みながらも、冴子は扉附近の壁を探る。

「あかん、爆発する」

その言葉に慌(あわ)てて手を引っこめた。

「姉ちゃん、どこ」

叫びながら、美和は奥へ走った。冴子も続いて走るが、何かにつまずいて勢いよく一回転した。痛いなんていってられない。そのまま這(は)うようにして美和のあとを追う。五、六歩進んで、今度は向こうずねをいやというほど打った。あまりの痛さに膝(ひざ)を抱えて蹲(うずくま)った時、ガスの噴出音が止んだ。美和が止めたらしい。

「冴子、来て。冴子」

美和のかん高い声。冴子はころがるようにして近づく。美和は後ろを向き、何か大きなものを引きずっていた。人間だ。美和の姉さんらしい。冴子は足を持ち上げた。まだ温かみがある。無我夢中で外に運び出した。芝生の上に姉を横たえ、冴子はアトリエの扉を閉めた。これ以上、ガスを吸うのはごめんだ。

「姉ちゃん、しっかりして」

美和は姉の胸に耳をあて、

「生きてる……冴子、救急車」

口早に指示するが、冴子はうろたえて、どう動いていいか分からない。

「とにかく母屋に入って。電話を探して」

美和の声に煽られ、冴子は母屋に沿って懸命に走った。

芝生の途切れたところに石畳があり、壁が少し引っこんでいた。勝手口だ。幸い、鍵はかかっていなかった。中に入り、壁を撫でまわす。探りあてたスイッチを全部押した。明かりが点く。広い廊下がまっすぐ伸びている。靴もぬがずに駆け上り、突き当りを左に折れると、そこに壁掛けの電話があった。震える指でプッシュボタンを押す。

「こちら消防本部」

その声を聞いた途端、冴子は膝の力が抜け、へなへなとしゃがみ込んでしまった。

サイレンが遠ざかる。美和は救急車に同乗して病院へ向かった。

冴子はスエードのソファに浅く腰かけ、質問に答えている。

「だから、私は何も知らないんです。そりゃ美和……藤井美和さんとは親しい友人ですけど、この家に来たのは初めてだし……ともかく、最初からあんな状態でしたから、私、何が何だか分からなくて……」

「そやけど、あんたは見たんでっしゃろ。藤井さんが『姉さん……まさか』いうて、アトリエに飛び込んだのを」

「だと思います」

「思います、では困るんやけどなあ……」

乳白色の大理石のテーブルを挟んで、冴子の前には刑事が二人。西宮北署の捜査係だといった。見たところ五十前後の年かさの方が田村、白髪まじりのぼさぼさ頭を瘦せぎすの体に乗せている。古くなってがたが来ているのか、よくずり落ちる眼鏡を頻りに元へ戻す。質問は主にこの男の担当だ。もう一人のメモ係は三十過ぎのチリチリ頭で、名前は浜野。今時流行遅れのパンチパーマなどかけているのは、ヤクザか、引退した力士くらいのものだ。暖房が効いてきたのに、二人ともまだコートを脱がない。

彼らは救急車が到着して五分後、鑑識の捜査員とともにここに現れた。救急隊員がてきぱきと酸素吸入などの応急処置をしているのを、ぼんやりたばこをふかして眺めていた。冴子は二人に対して好印象を持っていない。

「デカ長、やっぱり自殺未遂ですな」

浜野が訊く。田村は部長刑事とかいうやつらしい。

「ちょっとした言葉だけで、そう簡単には決めつけられへんやろ。それにしても、あほなことしたな……妹の方を残しといたら良かった」

ええ、私はどうせ刺身のツマですよ。事情に疎くて悪うございましたね——冴子は

呟き、

「あの、この家の主、何者ですか」

知らないついでに訊いた。

「あんた、ほんまに何も知らんのやな」

田村は一瞬あきれ顔を作ったが、それでも、

「ここの主人、加川昌いうてな、有名な彫刻家や。あんたも美大生なら名前くらい聞いたことあるやろ」

と、答えた。

「それじゃ、あの、加川晋の息子……」

「そうや」

「なるほどね」

それで合点がいった。

――加川晋。「立彫会」の創立会員で元理事長。五年前に亡くなるまで三十年近くも立彫会を牛耳っていた一代の怪物。戦後、伝統こそあるが衰微しきっていた立彫会を立て直し、彫刻界では日展、新制作と並ぶ三大有力団体にまでのしあげた功労者。そのためには、強引なマスコミ操作もしたし、他の団体から有力作家を引き抜きもした。会内部からの猛反対を押し切り、いわゆるタレント主義を積極的に推し進めた。

作品の質には眼を瞑り、話題性を狙って、毎年秋の公募展にはタレント、スポーツ選手、文化人などの稚拙な粘土細工を入選させた。「立彫会の人望なき功労者」、「彫刻をする政治家」それが、世間が加川晋に与えた称号だった。

加川晋に較べ、息子の加川昌についてはあまり多くを知らない。父親の名があまりにも大きいのだ。晋には二人の子供があった。名は菊池圭と加川昌。はじめ、本妻との間に子供ができず、それで祇園の芸者に圭を生ませた。確か、晋が四十をいくつか過ぎた時の子だ。ところが、圭が生まれて間もなく、本妻との間にひょっこりできたのが加川昌。晋は圭と昌にライバル意識を持たせつつ、彫刻家として育てた。そして、二人がまだ三十にもならないうちに立彫会の理事に据えたのである。序列を無視したその人事により、当時十八人いた理事のうち六人が立彫会を飛び出したという記事を、冴子は何かの雑誌で読んだことがある——。

「あんた、ほんまに親しい友達なんかいな、あの妹さんと」

田村がいう。

「大学へ入ってから三年来のつきあいです」

「それにしても友達がいがあらへんな。いくら義理の兄とはいえ、その職業くらい親友にはいうもんや」

「…………」

冴子には返す言葉がない。ないが、それで美和をどうこういうつもりはない。冴子たち彫刻科の学生は、日頃から立彫会のタレント主義をくそみそにけなしている。美和の口が重くなるのも無理はない。

「あとで病院へ行って、妹から詳しい事情を聞かなあきませんね」

浜野がいう。

「ああ」

と大儀そうに応じて、田村は時計を見る。

「もう七時過ぎかいな。今日もまた遅うなる」

呟いてたばこを咥えた時、電話が鳴った。浜野が立ち上る。電話はソファ横のサイドボードの上にある。

「もしもし――いや、違いまっせ」

それだけいって、浜野は受話器を置いた。

「何や」

「間違いですわ。トクシマさんですか、やて。この忙しいのに」

何が忙しいものか。

浜野が坐るのを待って、田村は再び口を開いた。

「何を訊いても知らぬ存ぜぬ……ほな、あんたは何をしにここへ来たんや」

冴子を上目遣いで睨む。

「何の為って……」

まさか、ステーキにつられて、なんて恥ずかしくていえない。

「美和がどうしてもつきあってくれっていうもんだから……このあたり、夜道が暗いでしょ」

「暗いから夜道というんや」

すかさず、田村がいう。食えない野郎だ。そこへまた電話が鳴った。浜野が受話器をとる。

「はい——。ばかたれ、ここは警察じゃ」

叩きつけるように受話器を置いた。言葉遣いといい、格好といい、ヤクザそのものだ。

「また、さっきのやつでっしゃろ。受話器とったのに何もいいよらへんから、ぼろくそにいうたりました」

浜野はサイドボードに腰かけ、脚を組んだ。いい年をして真赤な靴下をはいている。

「さっき、アトリエを見たんやけどな……そう、応急処置してる時や」

田村が話を継ぐ。

「あんたら、アトリエにはどないして入ったんや」

「どうしてって……入口から入ったんですけど」

「窓から入ったんと違うんかいな」

異なことを訊く。

「ちゃんとドアがあるのに、なぜ窓から入らなきゃなんないんですか」

「入口のドアに錠がおりてる」

「そんなはずありません」

「嘘いうたらあかんで」

「ほんとですったら」

冴子はだんだん腹が立ってきた。こんなカマキリおやじに嘘つき呼ばわりされる覚えはない。人命救助というのは本来表彰されてしかるべき行為なのに。

「現に私たちはお姉さんを外に運び出したんですよ。正体のない人間を一人抱えて、窓から出られると思います？」

「ほう……」

田村は否定とも肯定ともつかぬ相槌をうち、しばらくあごを撫でていたが、

「よっしゃ。ちょいと来てもらえまっか」

のっそりと立ち上った。

リビングルームは三十畳ほどもある。床は天然木の乱尺張りで、南の窓際に冴子た

ちの坐っているソファがセットされ、そこだけ厚い緞通が敷かれている。壁は凝った織りの布製クロス、天井からはクリスタルのシャンデリア、家具は曲線を強調したロココ調、ずいぶんと金のかかったインテリアではある。部屋の北側に重厚な木彫ドアがあり、三人はそこを抜けて廊下に出た。表玄関から母屋の裏にまわる。

どこで都合したのか、浜野が懐中電灯でアトリエの出入口を照らす。さっきは気づかなかったが、扉は欅の一枚板で黒っぽい金属の把手がついていた。まだ少しガスの臭いがする。田村は白い布の手袋をつけ、扉を押した。開かない。押しても引いてもびくともしない。

「どうや、わしのいうたとおりやろ。これこのとおり、錠がおりとるやないか」

「ほんと。変ですね」

冴子は首をひねる。美和の姉を助け出したあと、この扉を閉めたのは覚えているが、鍵までかけてはいない。第一、扉には鍵穴がない。

「あんたのいうこと、嘘かほんまか分からん。……ま、穿鑿はあとにして、とりあえず中に入ってみよ。その前に、これをはめてもらおか」

田村はコートのポケットからくしゃくしゃの布きれをつまみ出して、冴子に手渡した。手袋だった。元は白だったのだろうが、薄汚れてグレーになっているのが夜目にも分かる。気持ちが悪いけれど、冴子は手袋をはめた。

出入口はアトリエ南側の東寄りに位置している。最初、扉横の窓を開けようとした。窓の大きさは幅、約一・五メートル。堅牢なアルミサッシュにワイヤーガラスが入っている。窓はロックされて開かなかった。

東側にまわる。窓は一カ所、これもロックされていた。

「おかしい。どこぞの窓が開いてるはずや。でないと、こいつは密室になってしまう」

田村がぶつぶついう。

北側の窓も一カ所、そこに二人の鑑識係員がいた。濃紺の作業服上下、同色の帽子、黒いワークブーツを身につけている。ドライバーでサッシュをこじ開けているところを見れば、まるで泥棒だ。

「何してる」

田村が声をかけた。

「いや、何とか、ロックを解除しよと思て」

背の高い方が答えた。

「ほな、この窓も閉まっとるんか」

田村は呆れたように大口をあけて、

「いったいどないなっとるんや……浜やん、来い」

アトリエに沿って走り出した。

西側の窓もやはり開かなかった。三人は元の場所へ戻って来た。もう一度、田村が扉を押す。もちろん開くわけはない。

「ほんまにおかしいやないか、え。合計四ヵ所ある窓は全部内側からロックされ、ガラスが破られてるとこもない。扉には錠がおりてて、おまけに鍵穴もない……こんなあほなことがどこにある。このくそ寒いのに怪談噺なんぞ似合わへんぞ」

田村がしわがれ声を張り上げた。

「中にコロポックルでもおるんですかな」

浜野が柄にもないかわいいことをいう。いかんせん、時と場所をわきまえていない。

「コロポックル？　何や、それ」

「小人ですがな。アイヌの神さん」

「ばかたれ。冗談いうてる場合か。だいたいお前はやな――」

あたりの空気が震えるほどの大声だ。浜野は俯いて嵐が過ぎるのを待つばかり。やれ、やれ、もっとやれ、――冴子は心の中で煽りたてた。

2

島崎仁司（しまざきひとし）は湯に浸（つか）り、天井を眺めていた。青い塩ビの波板にいっぱい滴（しずく）が付いている。次はあれ、その次はこっちと、水滴が大きくなるのを見定め、落ちて来そうなところに手を広げる。今日は十五個捕まえた。頭を空白にしてこんな愚にもつかぬことをするのが結構息抜きになる。十六個めが掌（てのひら）の上で弾（はじ）け散った時、戸が開いて、恭子（きょうこ）が顔をのぞかせた。

「電話です、署から」

「すぐ出る」

顔をひとつすすいで風呂（ふろ）を出た。バスタオルを腰に巻き、ダイニングルームにある受話器をとった。

「わしや」

抑揚のない低い声は直属上司の熊谷（くまがい）だった。

「しんどいやろけど、これから出てくれへんか」

案の定、出動命令だった。口調こそ柔らかいが、有無をいわさぬ響きがある。

「事件（ヤマ）は」

「自殺未遂や」

「それやったら私が……」

「出るまでもない。けど、ちょっとひっかかることがある」

「どういうことです」

「最初、自殺未遂やということで、とりあえず村さんと浜やんを行かせたんやけど、その現場というのが奇妙でな……密室なんや。ドアも窓も内側から施錠されてて、中に入ることができん」

「すると、被害者(ガイシャ)はまだその密室の中ですか」

「いや、救助されて、今は西宮市民病院に収容されてる。睡眠薬を服(の)んで、ガスを吸うてた。まだ意識不明やけど、命に別状はない」

「普通、密室というのは自殺と相場が決まってますけど、それが何で……」

「おかしなことに、被害者(ガイシャ)を救出してから密室が構成されたという報告や」

「何やもうひとつ要領を得ませんな」

「それで現場も困っとる。ここは島さんの出番や。万が一、殺人未遂いうことになったら、その時点で正式に捜査一係の担当になる」

「そうならんことを願(ねご)うときます」

軽くおどけるように答え、あいた手で肩を二、三度叩(たた)いた。実際、島崎は疲れていた。このところ定時に帰ったことがない。休暇もとっていない。半月ほど前、神戸市を本拠とする広域暴力団の組長が射殺され、以来、報復抗争事件が近畿(きんき)各地で多発しているため、捜査一係で本来は殺人、強盗事犯担当の島崎も連日、四係の応援に駆り出されている。これ以上の厄介事は願い下げだ。

風呂上りの電話で体が冷えてきた。鼻がむずむずする。

「で、現場はどこです」

「甲陽園。目神山町二丁目や。加川いう大きな邸やから、行ったらすぐ分かる。西尾にも連絡しといた」

「了解、すぐ出ます」

「ちょっと待て。島さん、『加川昌』いうのを知ってるか」

「いえ……」

「立彫会いうて彫刻家の集まりがある。かなりの有力団体や。自殺を図ったんは加川雅子いうんやけど、その夫である加川昌は立彫会の副理事長で、次の理事長候補や。そのことだけ頭に入れといてくれ」

いうだけいって、熊谷は電話を切った。

島崎には熊谷のいわんとすることがよく分かる。——加川昌はいわゆる大物である。知名人でもある。だから、妻が自殺を図ったことに対して、世間は好奇の目を向ける。どこかスキャンダラスな匂いを求める。つまるところ捜査には微妙な配慮が必要だ——と。

「これから？」

恭子が訊く。

「ああ。今日は帰れんかもしれん。服、出してくれ」

食卓のたくあんを口に放り込み、島崎はいった。


午後十一時十分、島崎は現場に着いた。北区鈴蘭台の自宅から甲陽園まで、車で四十分もかかったことになる。

先に来ていた部下の西尾に案内され、島崎は加川邸の居間に入った。部屋には田村と浜野がいた。島崎は主に浜野から事件の概要報告を受けた。

「――と、いうことです」

「それで、藤井美和と池内冴子は」

「藤井は病院。池内は別室に待たせてます。何なら呼んで来ましょか」

浜野が腰を浮かせる。

「いや、まだええやろ。それより二人の指紋は」

「池内の分はとっくに採りました。えらいふくれっ面してましたけどな」

横から田村が口を挟む。いつものこととはいえ、その横柄なふるまいが気に食わない。説明役を浜野ひとりに押しつけ、自分はソファにふんぞりかえってたばこをふかしている。靴下がずり落ち、ラクダのももひきが見えるのも大いに不快だ。島崎は主任で警部補、田村はヒラの巡査部長、星一つの差をわきまえろ。

「この家の主、加川昌とかいうたな。今どこにおる。病院か」

苛立ち(いらだ)を抑えて島崎は訊いた。

「それが……」

浜野は頭をかく。

「連絡とれんのですわ。書斎にあったデスクダイアリーを見ると、予定では東京におることになってるんですけど」

「東京？」

「銀座(ぎんざ)の『北斗画廊(ほくと)』いうところで、立彫会東京支部の展覧会が明日(あした)から開かれるんです。加川はそのオープニングパーティーに出席するはずでした。ところが、結局、姿を見せんかったんです」

これは何かある、刑事の勘にぴんと響くものがある。

「オープニングパーティーは何時から」

「午後七時半……それやのに七時ちょっと過ぎ、会場に本人から電話があって、一時間ほど遅れるというてたそうです」

「ということは、本来なら会場には八時半に顔を出してるはずやな。それが、いまだに行方不明……」

不自然な行動が犯罪を暗示する。加川昌の消息を早く摑まねばならない。

「西やん、立彫会には」

隣に坐っている西尾に訊いた。

「ついさっき、関西支部、東京支部ともに連絡をとりました。今、加川昌を探してくれてます。もちろん、自殺未遂云々についてはいうてません」

「加川の宿泊先は」

「北斗画廊が『ホテル・ニューオークラ』に部屋をとってます。加川はまだチェックインしてません」

まじめ派の西尾は背筋を伸ばしてはきはき答える。まだ二十八歳の若さで捜査一係に抜擢されただけあって、することに抜かりがない。だらしなく脚を投げ出し、虚ろな眼で天井を眺めているどこかのロートルとは出来が違う。

事件のあらましを理解したので、島崎は現場を見分することにした。

「その密室とやらはどこにあるんや」

立ち上って先に部屋を出た。

ドアはまだ検証中なので、島崎たちは北側の窓からアトリエ内に入った。窓のガラスが割れ、網目のワイヤーが一部切断されていたのは鑑識係の仕事だ。どうしても中に入れなかったので、こうするほかなかったという。

アトリエは、幅十二、三メートル、奥行き約八メートル、高さ四メートル、コンクリート打ち放しの箱だった。天井には露出の蛍光灯、ところどころにスポットライトが取り付けられている。壁際には、作品乾燥棚、モルタルの流し、小型プール（あとで粘土槽だと知った）、土練機、数十個のバケツ。真中には、上に毛布を敷いたモデル台と、その周囲に十数脚の彫塑台(ちょうそだい)。奥の、焼き石膏(せっこう)の袋が堆(うずたか)く積み上げられた隣に幅三メートル、高さ二・五メートルくらいの合板パネルの囲い。モデルの更衣室兼休憩室のようだ。初めて見るアトリエの設備やレイアウトが島崎には興味深い。三人の鑑識係が窓と出入口附近の指紋を採取している。

「加川雅子はどこに倒れてた」

「あそこです」

浜野が更衣室を指さした。

中は四畳半の畳敷きになっていた。ガラス扉の小さな本棚、ホースの外れたガスストーブ、三枚の座ぶとん、陶製の灰皿、マッチ、メモ帳、ボールペン、薬のシート、ウイスキーのボトルとグラス、それらが雑然と散らばっていた。

「睡眠薬をウイスキーで服み、ガスの元栓を開く、……ちゃんと道具立ては揃(そろ)えてますね」

西尾が評するのを、

「うん……」

と、島崎は曖昧に応じる。更衣室内の状況は明らかに自殺未遂であることを示しているが、今はまだ軽率な判断を避けたい。

次に、四人は出入口に向かった。

「なるほど、こういうことか」

扉を見て、島崎がいうと、

「そう。こういうことですわ」

田村が熱のこもらぬふうに応じる。

扉には見るからに頑丈そうなカンヌキがおりていた。カンヌキの長さは約二十センチ、壁の十センチ内側に支持金具と止め金具、扉側には受け金具。支持金具を支点にカンヌキが半回転して、受け金具に納まるという仕掛けだ。金具類は厚さ五ミリくらいのプレートに熔接され、プレートは内壁と扉に鋲で固定されている。金具もプレートも銅製の鍛造らしく、全体に細かい鎚目が入っている。

「藤井と池内が加川雅子を抱えて、ここから出たことに間違いはないんやろな」

島崎は訊いてみた。浜野は奥の方を指さし、

「あの更衣室からここまで、何か大きなものを引きずったような痕がついてました」

「その写真は」

「もちろん撮りました」

アトリエの床は荒仕上げのモルタル塗り。粘土や石膏を扱うためか、粉っぽい埃が床の上にうっすらと層を作っている。浜野がいうように、何かを引きずればかなりはっきりした痕跡が残る。

「彼女らのいうことに嘘はないとして。ほな、どうやって……」

島崎は額に手をやり、じっと考える。

扉を閉めた勢いでカンヌキが回転したのか——あり得ない。カンヌキの重さは一キロ近くありそうだ。

機械的トリックか——これも無理だ。扉はコンクリートの開口部より少し大きい。風除けのために内壁の上下左右を三センチほど余分に削り、そこに扉を嵌め込むような構造になっている。そのため、扉と壁の間には直線的な隙間というものがなく、だからハリガネやボール紙の類でカンヌキを操作することはできない。

もう一案、たこ糸や紐でカンヌキを下ろす方法を考えてみる。この場合、糸を扉の上部から通し、いったんカンヌキを吊る必要があるのだが、その時点で張り方向が斜めになるためカンヌキが抜け落ちてしまう。それを防ぐためには糸を強く結ばねばならず、そうすれば、今度は糸の後処理に困る。糸や紐は切れる懼れがあるし、扉の上部に糸くずや擦り痕を残す可能性もある。

それでは、「つっかい棒」というのはどうだろう。斜めに立てたカンヌキと止め金具の間につっかい棒を挟んでおき、扉を強く閉める。衝撃と風圧で棒が外れる。これはうまく行きそうだ。……しかし、床の上に落ちたつっかい棒をどうやって始末する。棒に糸をつけておいたところで「直線的な隙間」がない限り、回収することはできない。

――いずれにせよ、この種の機械的トリックというものは現実の犯罪には使えない。

「困ったもんでんな、こんなややこしい事件を背負いこんで。密室とかいうやつ、わし今まで、探偵小説の世界にしかないもんやと思てた」

長く伸びた眉毛をいじりながら、田村が他人事のようにいう。

「刑事冥利につきるやろ」

島崎は皮肉を浴びせる。

「あほくさ、こんなもん願い下げや。わしら、チンケな居直り強盗でも追うてる方が性に合うてる。どんな事件いろたかて給料は一緒でんがな」

死ね、ラクダもももひき。

「ほんとに嫌なやつなんだから。自殺未遂だって口を酸っぱくしていうのに、私たちのこと、最初から犯人扱いよ」

冴子は口を尖（とが）らせる。

「ま、そういわんと、私の身にもなって。怒る余裕もあらへん」

「ごめん。お姉さん、まだ意識不明だったね」

「酸素吸入して、胃を洗浄して……発見が早かったから命にかかわるようなことはないみたい。とりあえずひと安心や」

美和は沈痛な表情でいう。さすがにいつもの元気さはない。

「ずっとお姉さんのそばにいたかったんじゃないの」

「そらそうやけど、どうしても訊（き）きたいことがあるからいうて、無理やり連れ戻された。姉ちゃんは、集中治療室に隔離されてるから、顔を見ることもできへん。冴子のことも気になったし、三十分だけという条件つきで帰って来た。それやのに、いったいいつまで待たせるんやろ」

冴子と美和は応接室にいる。刑事たちが打合せをしている間、ここでしばらく待機していろとの指示だ。

「それにしても冴子がいてくれてよかったわ。私一人やったら、姉ちゃんを助け出せたかどうか分からへん」

「何いってるの。私なんか何の足しにもなってない。うろたえちゃって、どこをどう動いたかも覚えてないんだから」

「それもそうやな」

少しは謙遜していったつもりなのに、あっさり肯定するところが美和らしい。

話の接ぎ穂がなくなって、冴子は部屋の中を眺めまわす。煉瓦を積み上げた本物の暖炉、まだら模様の大きな敷皮の上には革張りのリクライニングチェア、猫脚のコーナーテーブルの上にあるブロンズは加川晋の胸像だろう。しかつめらしい顔で冴子たちを睥睨している。

グーッと腹が鳴った。壁の時計を見ると、午前一時三十分。明陽軒のラーメンランチを食べてから十二時間が経過している。

「お腹空いた？」

美和がいう。

「ビーフステーキ、今度おごるわ」

「いいのよ。今はそれどころじゃないでしょ」

「正直いうて、いてても立ってもいられへん心境や。けど、こないして話でもしてないことには辛うて仕方ない」

「家族の人は」

「兵庫県の香住にお母ちゃんがいてる。体、あんまり丈夫やないし、要らん心配させとうないねん」

美和は上を向いて喋る。眼がうるんでいるようだ。

「ご主人、遅いね。連絡まだつかないの」

「いつものことや。東京行くとかいうて、また遊び歩いてるに違いないわ」

「どういうこと……よかったら話してくれない」

「うん。今まで身内の恥さらすようで誰にもいうたことなかったけど、この際や、冴子にだけはいうわ」

美和はぽつりぽつり話し始めた。

——加川昌には五年来の女がいる。大沢敏子といって、京都市内のマンションに住んでいる。そして、昌と敏子の間には昌樹という二歳の子供がいる。昌が四十一歳の時にできたたった一人の子供で、昌は昌樹を溺愛している。それで週のうち二日はマンションに泊まる。妻の雅子が敏子の存在に気づくまでは隠れてこそこそやっていたらしいが、昌樹が生まれる前後からは、面倒になったのか居直ったのか、公然と会いに行くようになったという。昔、加川晋が犯した不行跡を今また息子の昌が辿りつつあるというわけだ。もちろん雅子は怒った。怒ったが泣き喚いたり、女のところへどなり込んだりはしなかった。そういう愁嘆場を演ずることを潔しとする性格ではなかったし、また、それまでの度重なる夫の女遊びによって昌に対する想いが冷えきっていたためもあったようだ。雅子は昌を無視した。そして、大学を出て以来、十数年中断していた漆工をまた始めた。制作に没頭することで精神的平衡を保とうとしたのかもしれない──。

「ところが最近、姉ちゃんのおとなしいのをいいことに、昌は昌樹を認知するとかい い出してたらしい。明治や大正の昔ならいざ知らず、この昭和の時代にあまりの仕打ちやと思わへん？」

「思う、思う。お姉さんがかわいそう」

「そやから、さっきアトリエで冴子がガスやというた瞬間、私、いやな予感がしたんや。……けど私、まだ信じられへん。あの芯の強い姉ちゃんが自殺を図るやて」

「ありったけの慰謝料ふんだくって、さっさと離婚すればいいのに。私だったらとっくにそうしてるな」

「姉ちゃん、古風なんや。私が見てても、はがゆいほど自分の感情を抑えるタイプや。それに並外れて親孝行でもある。……さっきもいうたようにうちの家、母親一人きりやろ。お父ちゃんは私が五つの時に死んだ。その時、姉ちゃんは二十歳。そう、大学の三回生や。姉ちゃん、大学やめて働くいうのを、お母ちゃん泣くようにして止めた。うち、小さな魚屋してたんやけど、お父ちゃんが死んだあと、お母ちゃんが一人で切り盛りして一家を支えてくれた。そやから、姉ちゃんは卒業してすぐ結婚した。……私に似て、姉ちゃん、きれいな人やろ。それで、大学の時、バイトで加川晋のモデルをしてた……そう、ヌードやない、顔のモデル。それを、あの加川昌に見染められたというわけ。姉ちゃん、早う結婚してお母ちゃんに楽させてやりたかったんや。相手はお金持ちやし、将来はお母ちゃんを引き取るつもりもあった。……ま、そんなこんなで、姉ちゃんは、お母ちゃんにだけはこれ以上苦労させとうなかった。心配もさせとうなかった。そやから、だんなの女遊びや子供のことなんか、一言もお母ちゃんにはいうてない。お母ちゃんは娘が何ひとつ不自由なく幸せに暮らしてると思てる。少なくともお母ちゃんが死ぬまでは、姉ちゃんは絶対に離婚なんかせえへん」

美和は強くいい、手の甲で眼のあたりを拭った。

「年が離れてるせいもあって、姉ちゃん、私の母親代わりなんや。私、時々、姉ちゃんにお小遣い……いや、制作費をもろてる。絵具代が高いし、いくらか援助してもらわんとバイトだけではやっていかれへん」

そういえば、美和は大学入学当初からアルバイトをしている。室町の染色屋で帯生地の染めをしている。

「二ヵ月に一ぺんくらい、義兄のおらん時を見計ろうて、姉ちゃん、私を招んでくれる。ごちそう食べさせてくれて、帰り際にはいつもポケットに封筒を入れてくれるんや。五万円の時もあれば十万円の時もある。悪いなあと思いながら、私は黙ってそれを受け取る。実際、ものすごく有難い。姉ちゃん、大学の時、自分が苦労してるからその辺の事情をよう知ってる。『いい作品描いてね。あんたがどんな絵描きさんになるか、それだけが楽しみ』いうのが姉ちゃんの口癖や。自分の見果てぬ夢を妹に託す……いうたら気障ったらしいかな」

いって、美和は淋しそうに笑う。冴子は美和の思いもかけぬ別の一面を知った。

「美和も苦労してるんだね」

そう応えるのがせいいっぱいだった。

「私、姉ちゃん大好きや」

いった途端、美和の眼から大粒の涙が溢れ出た。冴子も思わず涙を落とす。青くさい感傷というならいえ。冴子は美和の背中を撫でながら、泣いた。

ノックもなくドアが開いて、田村が顔を出した。

「お二人さん、ちょっと。……おっ、どないしたんでっか」

「いえ、別に」

冴子は横を向く。

「よろしいな、若いということは。喜怒哀楽がはっきりしてて」

田村は唇の端で笑う。

「乙女の涙はそのくらいにして、ちょっと来てくれへんかな。訊きたいことがある」

居丈高にいって、田村はドアを閉めた。

「何よ、あの態度」

「あれが田村とかいう刑事？」

「そう。口惜しいでしょ。市民警察があんなことでいいと思う？」

「あかん。大いに反省を促す必要がある」

「署長にいってやろうか、勤務態度がなってないって」

「そんな生温いことでは気が治まらん。もっと直接的な行動に出るべきや」

「何かいい考えあるの」

「ちょい待ち」

美和は少しの間、頬杖ついて思案にふけっていたが、

「冴子、来て」

勢いよくソファから跳ね起きた。普段どおりの快活な美和に戻っている。

廊下に出た。広い階段を駆け上り、東の突き当りにあるドアを押した。照明を点ける。そこは十二畳の和室で、真中に大きな座卓、そのまわりを、筆、刷毛、絵皿、水入れ、美術資料、和紙などがとりまいていた。

「ここは」

「姉ちゃんの作業室。ここで漆を塗ってる」

「何をするつもり」

「ま、見とき」

美和は棚から小さな樽を下ろして畳の上に置いた。蓋を開ける。中には渋紙の包みがあった。

「冴子、ハンカチ」

美和が振り向く。冴子がポケットからハンカチを取り出して手渡すと、美和はそれを座卓の上に広げた。傍らのヘラを手にとり、樽の中から粘っこい飴色の液体をすくい取って、ハンカチに数滴たらした。

「これ漆の原液。私の企み、分かった？」

「何となく」

「楽しみやね。あの刑事、キリギリスみたいな顔がガマガエルになる」

美和は眼を細くしてハンカチをひらひらさせた。

漆はかぶれる。特に原液は強烈だ。皮膚に直接触れるのはもちろんのこと、その蒸気に触れるだけで炎症を起こす。だから、冴子は大学の漆工室には近寄らない。体質的に合わない者は部屋に入っただけでかぶれるという。美大の漆工科に入学した生徒は程度の差こそあれ、一度は「ビー（蜂）の悲劇」を体験しなければならない。顔や体を風船のように腫らして、徐々に漆に対する抵抗力をつけていくのだ。

冴子と美和はリビングルームに下りた。そこには、いつ来たのか田村と浜野の他に二人の刑事がいた。四十代半ばだろうか、年にしては長めの髪をきちっと七・三に分けたおじさまタイプが島崎。小柄で筋肉質、スポーツマン風の若い方は西尾。田村や浜野と違って、いかにも刑事してますという雰囲気が島崎と西尾にはある。

「あの……これ」

美和は手にしたハンカチを田村の顔前に差し出す。

「何ですねん」

田村が受け取った。

「姉のカーディガンのポケットに入ってました。真中のあたりに見馴れへん汚れが付いてるし、何かの足しになるかなと思て持って来ました」

「ほう。意外と気がきくんやな」

田村はハンカチを広げる。ピンクの花模様がところどころ茶色に染まっている。

「血ではなさそうやな」

田村は眼鏡を外し、ハンカチに顔をくっつけるようにして観察する。シャンデリアの明かりに透かしてみたり、指先に染みをこすり付けて匂いを嗅いでみたりもした。期待した以上の展開に冴子はわくわくする。一夜明けた時の田村の顔が楽しみだ。染みの正体が漆だと判明したところで、冴子たちには何の咎めもない。加川雅子が漆の付いたハンカチを持っていたことに不思議はない。冴子は美和のとっさの思いつきと悪知恵に心の中で拍手を送った。

「さっき現場を見て来たんですがね」

島崎が口を切った。

「アトリエが密室状態になったことに関して、今のところ納得できる答えが出てないんですわ。それで、詳しい事情をお二人から聞きたいと……いや、何もあなた方のお話が嘘やというてるわけやありません。その点は気を悪うせんと、最初から話して下さいな」

「姉のためになるのなら、何べんでもいいます。私らがここに着いたのは、——」

美和は最初から順を追って話す。島崎は時おり短い質問を挟みながら話に耳を傾けていた。

「なるほど、よう分かりました。それで、池内さんが電話をかけに行ったあと、藤井さんはどうしてはったんですか」

「姉の介抱をしてました。大きい声で呼びかけたり胸をさすったりしました。ガス中毒の応急処置なんて知らへんし、姉の心臓がふいに止まりそうな気がして。救急車が来るまで、どれだけ時間の経つのが遅かったか」

「アトリエのドアには」

「触りもしてません。ガスの元栓は閉めたし、姉を助け出したし、もうアトリエに用はありません」

「そうですか……」

島崎は下を向いて考え込む。

「それより、義兄はどうしたんです。こんな時にどこをほっつき歩いてるんですか」

美和が不服そうにいえば、

「それはこっちの台詞や。加川さんには訊きたいことが山ほどある」

と、田村が横から口を出す。

「最後にもうひとつだけ」

島崎が顔を上げた。

「お姉さんは何であんなに手のこんだことをしたんですかな。睡眠薬を服んだ上に、わざわざガスを吸うた……それも、あの寒いアトリエまで行って」

それは、美和に、というよりは自分自身に発したような質問だった。

「分からん。密室といい、当事者の心理といい、腑に落ちんことばっかりや」

島崎は眼を瞑り、長いため息をついた。

第二章　白い点

1

立彫会関西支部の連絡事務所は京都にある。西京区下津林、阪急電車の桂駅から南東に一キロほど行ったあたりが、目指す大般若町だった。附近は新興住宅街らしく、軒を接してひしめきあっている小さな建売り住宅の向こうにはまだ広い蔬菜畑があった。島崎は〈河村敦夫宅〉を探して、一軒一軒表札を確かめながら咥えたばこで歩く。体が熱っぽい。加川邸を出たのが今朝の午前二時。宿直室で四時間の仮眠をとり、午前七時には朝食も摂らずに署を出た。電車の中で少しの間うとうとしたが、それで風邪がぶりかえしたのかもしれない。四十路も半ばになると体に無理がきかない。

田村は病院へ行った。加川雅子はまだ意識を回復していないが、戻り次第、事情を聞く段取りになっている。浜野と西尾は、日頃アトリエに出入りしている立彫会の彫刻家連中から指紋を提供してもらうため、手分けして大阪、神戸を歩いている。彼らの指紋を、アトリエから検出したそれと比較照合させるためだ。

「カワムラアツオ……ここや」

島崎はたばこを捨て、靴先で踏み消した。

低いブロック塀、見たところ三十坪くらいだろうか、敷地いっぱいに建てられた木造モルタル塗りの白い家だ。ベランダのふちに部分貼りした緑のタイルがいかにも安普請といった印象を与える。屋根なしのカーポートには最新型のクラウンが駐められている。まめに手入れしているのか、タイヤまでピカピカだ。

事前に連絡してあったので、河村は応接間に暖房を入れて待っていた。白いビニールクロス、いかにも化繊といったけばけばしいつやのある濃紺のカーペット、赤い布張りのソファ、加川邸とは月とスッポンほども違う室内をひとわたり眺めてから、島崎は口を開いた。

「立彫会の連絡事務所とお聞きして来たわけなんですが……事務所は」

「事務室なんてありません。私がここで連絡事務をしてるだけです。会員の個展の案内とか、画廊との折衝とか、電話一本と机があれば事足ります」

河村が答える。華奢な体つきで顔も手も小さい。黒のとっくりセーターに薄茶のコーデュロイジャケットをはおっている。若作りはしているが額の後退具合をみれば、島崎と年はあまり離れていないようだ。

「失礼ですが、河村さんは立彫会の？」

「理事です。この年でまだ独身なもんやから、小まわりがきくいうて、一人でこんな連絡事務をしてます」

苦笑しながら、河村は部屋の隅にある机を眼で示した。上に、葉書や封筒が山と積んである。

「本題に入る前に、立彫会の機構について簡単に教えてもらえませんか」

「それなら、これを先に見て下さいな」

河村がガラステーブルの下から抜き出したのは、あずき地に〈新日本美術総年鑑〉と金文字で印刷した電話帳よりも厚い本だった。細い指でページを丁寧に繰る。河村は「立彫会」の項を開いた。理事長を筆頭に、副理事長、顧問、理事、会員、会友とおよそ三百人ほどの名前がその略歴、年齢、住所を添えて数ページにわたって隙間（すきま）なく並んでいる。理事クラスまでは十ミリくらいの活字だが、会友ランクまで下がれば普通の新聞活字の大きさでしか名前が印刷されていない。まるで相撲の番付表だ。

「この、名前の下にある数字は何ですか。六百とか五百とか……」

「作品の値段ですわ。彫刻の場合、等身大の胸像を基準にしてます」

「なるほど」

理事長片岡清明、六百二十万円。副理事長菊池圭、五百八十万円。同加川昌、五百八十万円——単なる飾り物一体が島崎の年収を超える。ばかばかしい。ついでにちらっと河村の値段を見ると、二百五十万円。これでも大いに不満だ。

「これ、コピーするわけにはいきませんか」

「どうぞ、どうぞ。けど、コピーの機械が……よろしい、その年鑑差し上げます」

河村はさも重大な決断をしたように深く頷く。こんな電話帳一冊で恩に着せられてはたまらない。欲しいのは立彫会の項だけで、あとはごみだ。

「こんな大事なものを。有難くいただきます」

一応、頭を下げた。

島崎はたばこを吸いつけ、

「加川さんの奥さんはなぜ自殺を図ったと思いますか」

いきなり核心に触れることを訊いてみた。

「そ、それは……」

ふいの質問に河村は口ごもる。

「若先生のプライベートなことは、私には分かりかねますな。何なら理事長に訊ねてみはったらどうです」

うまく言い逃れた。いってまずいことは偉いさんから聞けということか。

「最近、加川家が子供の認知問題でごたごたしているということご存じやないかと思ったもんですから」

「初耳ですわ」

そういって河村は眼を逸らした。現職の刑事を前にしてとぼけている。

きのう遅く、現場検証のあと、島崎は知りあいの新聞記者に電話を入れた。ある全国紙の美術担当だ。記者は加川昌に関する情報を懇切丁寧に教えてくれた。――三十二歳の愛人がいること。子供が二歳であること。妻の雅子との間が冷え切っていること。あの広大な邸が父加川晋の遺産であること。七十九歳になる立彫会の現理事長、片岡清明が病弱で、今年末には理事長職を退くこと。後席を狙って、菊池圭と加川昌の兄弟が熾烈な跡目争いをしていること。そのため、立彫会理事二十一名が二派に割れていること――等であった。ちなみに、河村敦夫は加川派で、昌の懐刀と目されている。その河村が加川の認知問題を知らぬわけがない。

「河村さん、あなたさっき、加川氏のことを若先生とかいいましたな。かなり親しいようにお見うけしたんですがね」

あせらず外濠から埋めて行こう。

「私に限らず会員はそう呼んでます。亡くなられた親父さんが『晋先生』で、昌さんは『若先生』です」

「加川塾とかいうのがあって、あなたもそのメンバーの一人でしょ」

「あれは単なる勉強会ですわ。この家を見てもお分かりのように、我々若手は広いアトリエを持ってません。それで、毎週二回、加川先生のアトリエをお借りして制作や合評会をしているんです。モデルは加川先生がポケットマネーで招(よ)んでくれてます」

「大きなモデル台があったんはそのためですな」

「アトリエを見られたんですか」

「隅から隅まで、ね。……出入口のドアに鍵穴(かぎあな)がないのはなぜですか」

「鍵などかける必要がないからです。盗(と)られて困るものは置いてません。石膏(せっこう)や粘土なんか誰が盗ります」

「ほな、あのカンヌキはどうです。あれは何のために取り付けたんですか」

「モデルのためです。晋先生が出入りの鋳造職人に頼んで作らせたんです」

「モデルとカンヌキ……どういう関係です」

　島崎にはぴんと来ない。

「モデルが嫌がるんですわ。裸でポーズとってるのに、ふいに誰かが入って来たりしたら困るいうてね。見るもんが一人や二人増えたところでどういうことないのに、おかしなもんですな、女心というのは」

　河村はあずき色の厚い唇を片方だけ吊(つ)り上げて小さくくっくっと笑う。前に突き出した乱杭歯がむき出しになってたいそう下品な顔だ。美術記者連中から「イタチ」という綽名で呼ばれているのも分かるような気がする。しかしながらこのイタチ、かなりの切れ者で、加川派の多数派工作すべてをとりしきっている。

「それはそうと、加川氏の立ちまわり先に心当りはありませんか」

少し改まった口調で訊いた。

「私もきのうから方々に連絡はしてみたんですがね、結局分からずじまいですわ」

「今までにもこんなことありましたか……ふらっと二、三日旅に出るとか」

「はっきりは知らんけど、年に何べんかはあるみたいですな。先生はあのとおり天才肌の人やし、芸術家には多かれ少なかれ、そんな性癖があるのと違いますか」

妻が死にかけたというのに芸術家というのは気楽なものだ。マスコミが早くこの事件を嗅ぎつけてスキャンダラスに報道すればいい。加川昌もすぐ見つかる。

「それはそうと、奥さんの容態はどうですか。意識は」

「まだ戻ってません。早う口がきけるようになってくれたら、我々も助かるんですけど」

「ほんまに、えらいことでしたなあ」

口とは裏腹にまったく変わらぬ表情で河村は呟いた。

「帰ります。今日は早うからお邪魔してどうも」

島崎は腰を浮かす。

「何のおかまいもせずに。よろしかったらコーヒーでも……」

「いえ、けっこうです」

早々に河村家を退散した。桂駅に向かう道すがら、考える。

――河村は加川の居どころを本当に知らないのだろうか……あの口ぶりとどこか余裕のある態度をみれば、多分知らないのであろう。もし知っていて隠しているとすれば、それは時間稼ぎだ。加川と河村は、雅子が自殺を図ったことについてどう言い繕うか、対策を練っているに違いない。加川が姿を現すのは妻の意識が戻ってからでも遅くない――。

島崎は立ち止まり、提げた紙袋から年鑑を抜き出した。

「くそ重たい」

立彫会のページだけをちぎり取り、残りを近くのごみ箱に捨てた。すっきりした。

四条河原町で少し早い昼食をとり、食後のコーヒーを飲んで三十分ほど休んだ。

京阪四条から電車に乗り、藤森に着いたのがちょうど十二時。線路に沿った道を北へ百メートル戻り、名神高速道路のガードをくぐる。伏見区深草西浦町、ガソリンスタンドを一筋東へ入ったところに四棟の高層マンションがあった。A棟八階に加川昌の愛人、大沢敏子が住んでいる。

建って間もないのだろう、エレベーターの中は塗料の臭いがした。

〈八〇五・大沢敏子〉の名札を確認し、島崎はドアをノックした。インターホンは嫌いだ。

「あい」

幼い子供の声がした。

通された居間は、広くはないが、凝った造作がなされていた。壁と天井のクロス、カーペット、カーテン、みんなミルクチョコレートのような茶色で統一され、それがローズウッドの家具とよく調和している。照明は天井埋め込みのシーリングライトとフロアスタンドだけ、テレビやステレオがないのもいい。加川昌の好みが色濃く感じられる。

島崎はレモンティーをひとすすりして、

「きょうは、加川昌さんのことでお訊ねしたいことがありまして。加川さんの奥さんのことはご存じですね」

「はい、聞きました。えらいびっくりしまして。私、どういうていいやら……」

敏子は膝に抱いた子供の頭を撫でながら俯いて話す。長い髪を後ろでひっつめにし、花模様の青い七宝のピンでとめている。瞼は一重、鼻すじが通り、唇は小さい。ピンクの口紅の他に化粧気はなく、清楚な印象すら受ける。「愛人」という言葉から受けるイメージとはほど遠い。子供はまん丸い眼で島崎をじっと見つめている。

「加川さん、どこにいてはるんですか」

単刀直入に訊いた。

「さあ……私もきのうから心当りのところには連絡してみたんですけど」

「それは、例えば」

「私がお店に出てたころのママさんやお友達です。加川、今でもちょくちょくお店に寄せてもろてますから」

「その、お店、いうのは」

「私、四年前まで花見小路（はなみこうじ）のクラブにおりました。絵描きさんや画商さんのよう来はる店で、加川も常連さんの一人でした」

「なるほど。ほな、連絡しはったんは京都の水商売関係の方ですな」

「そうです。画商さんや立彫会のお仲間には河村がしました」

敏子が河村の名を呼び捨てたことに島崎はひっかかった。ひっかかったが、あえてその理由は訊かなかった。副理事長の愛人と、ヒラの理事との身分の差というものだろうか。

「加川さんにはようありますか、こんなこと。ふらっといはれへんようになること？」

さっき河村に質問したのと同じことを訊いてみた。

「そう、年に三、四へんあります。たいがいは一週間以内に帰って来ます。九州や東北のお土産持って、ね。本人は写生旅行やいうてますけど、ほんまは何をしていることや分かりません。そらそうですやろ。彫刻には写生なんか要らしません」

敏子の口調が段々と恨みがましくなって来る。愚痴の聞き役などまっぴらだ。話題を変えることにする。

「加川さんに、女がいてるような気配はありませんか」

本妻に対するような質問だ。

「この子ができてからはないみたいです」

敏子も本妻気取りで答える。

「たばこ、よろしいか」

「どうぞ」

敏子が灰皿を差し出す。島崎は一服吸いつけ、本論に入った。

「あなたと加川さんとの間にできたお子さん……昌樹ちゃんでしたな。この昌樹ちゃんの認知問題が原因で、加川雅子さんは自殺を図ったんではないかという噂を耳にしたんですけど、その問題について詳しいことを教えていただきたいんですわ」

「…………」

「話しにくいやろとは思います。こんなプライベートなことをお訊きしてええもんかどうか、実は私にも自信はないんです。けど、人ひとりが死にかけたという事実に免じて、話してもらうわけにはいきませんやろか」

　島崎は事情聴取と訊問のテクニックに少なからず自信を持っている。こうして情にからめて下手からたたみかけて行くと、たいていの相手は口を開くものだ。だてに捜査一係主任の鑑札をさげているのではない。

「誤解です。そら、正直いうて認知はしてほしいと思てます。この子のためです。けど、今日や明日いうように、加川を急かしてるわけやありません。この子がものごころつく頃までに手続きしてほしい、いつもそういうてます」

「具体的には」

「ここ二、三年のうちには……」

「ほな、世間でいうようなごたごたは」

「それは、加川と奥さんの間のことやし、私は知りません。もめごとは嫌いです」

　もめごとの種を作ったのは自分だということをお忘れらしい。

「こういう宙ぶらりんの状態は不安やないですか」

「そら、不安です。加川はあんな人やから、いつどこで新しい女を作るやしれません。そやから、一筆入れてもろてます」

「一筆？」

「昌樹は確かに自分の子である、昌樹が五つになるまでには必ず手続きをする、と書いた念書みたいなもんです」

証文を握らせて女をなだめる――その場しのぎの常套(じょうとう)手段だ。加川昌のずるさが分かる。

今までおとなしかった子供が急にむずかり始めた。敏子の膝から降りようとして手や足をつっぱらせる。島崎はたばこを揉(も)み消し、

「長い時間、えらいすんません。そろそろ失礼します」

浅く一礼した。聞くべきことは聞いたし、このあたりが帰り時だ。

「バイバイ」

昌樹がまわらぬ舌でいう。小さく手を振る仕草がかわいい。

「あの……」

立ち上った島崎に敏子が声をかけた。

「何です」

「奥さん、どこの病院にいてはるんですか」

「西宮の市民病院です」

「私がお見舞いに行ったらおかしいでしょうか」

「さあ、どうですやろ」

それはあんたが判断することです――島崎は口の中で呟いた。

バタンという音で目が覚めた。頭をまわすと、ドアのところに美和がいた。胸に紙袋を抱えている。

「おはよう。よう眠った？」

「ぐっすりとね。美和は」

「ちょっとだけ。寝るに寝られずというとこや」

「ごめん、私だけベッド使って」

「要らん遠慮せんとき。それより、これ食べよ。売店で買うて来た」

美和は袋からサンドウィッチとパック牛乳を取り出し、冴子に放ってよこした。両手で受けたが、起きてすぐ食べる気にはならない。

冴子と美和は病院に泊まった。加川邸での事情聴取のあと、西尾にここまで送ってもらった。寒い待合室で体を丸めているのを、親切な婦長さんが空部屋に案内してくれた。スチーム暖房を入れ、毛布まで貸してくれた。冴子は患者用のベッド、美和は介添者用のベンチソファで寝た。

「私、顔洗って来る」

冴子はベッドから降りた。

「行っトイレ」

カクッと膝が折れる。

「トイレ、どこだったかな」

「廊下出て、右」

病室を出た途端、冴子は婦長と鉢合せした。

「すぐ、来て下さい。患者さん、気がつきました」

いい終る前に美和が飛び出して来た。廊下を走って、突き当りの階段を一足とびに駆け上って行く。冴子もあとを追った。

三階の八号室。加川雅子は腕に点滴のチューブ、口に酸素マスクをつけられ、ベッドに寝ていた。朝の淡い日射しをうけた顔が抜けるように白い。眠っているようだ。

「姉ちゃん」

美和が小さく呼びかける。雅子は眼をあき、ゆっくりとこちらを向いた。どことなく虚(うつ)ろな眼差(まなざし)だ。

「姉ちゃん」

今度は少し強く呼びかけた。反応がない。美和はベッドに歩み寄り、雅子の手をとった。

「私や、美和。分かる？」

上体を屈めて雅子の顔を覗き込むが、相変わらず何の反応もない。眼をあけたまま眠っているような感じだ。

「これ……どういうこと」

振り返った美和の表情が強張っている。冴子もどう応じていいか分からない。

そこへ婦長が入って来た。医師も一緒だ。そして、その後ろには田村がいた。見たくない顔だ。

「即断はできないが、一時的な記憶喪失症かもしれません。酸素欠乏や一酸化炭素中毒がひきおこす症例としてはそう珍しくありません」

医師はベッドの脇に立ち、誰にともなく低い声でいった。度の強い眼鏡をかけ、長い髪を額に垂らした青びょうたんのような男だ。

「治るんですか」

美和が訊く。

「治る……でしょう。普通は徐々に回復して行くものです」

「そうですか……」

美和の表情が少し柔らかくなる。

「あの、これよろしいかな」

田村が口のあたりに手をやる。

医師は絆創膏を丁寧にはがし、雅子のマスクを外した。

「少しだけなら」

美和が耳許で話しかける。

「姉ちゃん、聞こえる」

ぽつり一言いって、雅子は眼を閉じた。

「やめて……」

美和を残して冴子は京都へ帰った。進級制作展まであと二週間、美和には悪いけれど、そういつまでもつきあっていられない。少しでも制作を進めないと搬入日までに作品が完成しない。

金属工作室の向こうには四回生の先輩がいて、三メートルものH鋼を六本、四十五度の逆V字形に組んでいる。竪穴式住居の木組みを上方に摑み上げたような形だ。

電気熔接の火花が視野に入らないように注意しながら、冴子は自分の作品をいろんな角度からじっくり視た。概ね自分のイメージどおりに仕上りつつある。

冴子の専攻は、ステンレスや真鍮など、主に非鉄金属を材料とした抽象彫刻。今回は真鍮の板で一辺七十センチの立方体を四つ作り、それを直列に配置して量体と空間との緊張感ある均衡を狙うという、ま、言葉にすればかっこいいが、見てみれば単純極まりない作品を作っている。とはいえ、この「単純」というのがなかなかの曲者で、形態のおもしろさを直截に表現するには最も重要な要素なのである。

冴子はここ一週間、毎日真鍮を磨いている。グラインダーにバフをセットし、コンパウンドを塗って磨く。真鍮は脆くて傷つきやすい上にすぐ錆びるから、最後は必ずこうして仕上げをしなければならない。扱いにくい材料だが、色と光沢に独特の重みがあって、冴子は好きだ。

ゴーグルをつけ、口にタオルを巻いてからグラインダーを手にした。むらができないよう、時々仕事の手を休め、表面を点検しながら磨いていく。単調で根気のいる仕事だ。思えば、きのうの今頃もこうして制作に没頭していた。ところが、その数時間後には自殺未遂の現場に出くわし、人命救助をし、おまけに捜査一係刑事の事情聴取まで受けた。人の一生なんてちょっとしたきっかけでどうころぶか分からない、と妙に深遠なことを考えてしまう。

七時までかかってやっと二つ目の立方体を磨きあげた。今日はこれで作業中止。腕がだるく腰が重い。大きく伸びをしたら首の付け根がコクッと鳴った。二十一歳にしてもう潤滑油が切れかかっている。冴子はポケットの小銭をかき出した。九百八十五円、これだけあれば、ラーメン定食を食べ、風呂に入り、『少女フレンド』を買って下宿に帰れる。家に電話をしておいたから、明日は送金がある。

外はまっ暗だった。明日の休講を確かめようと本館へ寄ったついでに三階へ上り、日本画制作室を覗(のぞ)いてみた。中は三十畳敷き、奥の窓際に何と美和がいた。百五十号のパネルをテーブル二つの上に据え、きちんと正座して一心に筆を走らせている。

「美和、来てたの」

軽い抗議の気持ちを込めて呼びかけた。美和はふり向き、

「ああ、冴子。病院にいててもすることないから、さっき帰って来た」

「彫刻科へ顔出せばいいのに」

「寄ってみたけど、冴子、鬼気迫る顔で制作してたから声かけへんかった。頭のあたりに妖気(ようき)が漂うてたで」

「また、また。……で、お姉さんどうなの、あれから」

「変わりなし。時々眠りから覚めては『やめて』と『苦しい』の二つだけを繰り返してる。お医者さんがいうには、もう症状が悪化するようなことはないし、かといって急に良うなることもない。ほな、私は学校へ行きます、いうて帰って来た。看護師さんがずっとついいてくれるし、心配はない」

「あの刑事は」

「元々やる気あらへんし、姉ちゃんがあんな状態やからさっさと帰った。例のハンカ

チの効き目を確かめたかったのに」

「二度と会いたくないな、あのごま塩頭」

「私も嫌いや。けどな……」

美和は正座を崩し、ころんと後ろにひっくり返った。座ぶとんを枕に天井を見ながら、

「あのプアマンズグレーにはこれから何べんも会うことになるはずや」

「プアマンズグレーって何よ」

「ああいう輩をそう呼ぶんや。間違ってもロマンスグレーとはいわへん」

「なぜ会わなきゃなんないの」

「姉ちゃん、自殺やない。殺されかけたんや」

「何だって……」

「姉ちゃん、自分から死ぬような弱い性格と違う。あれは自殺にみせかけた殺人や。きのう、姉ちゃんは私を家に招んだ。これから死のうとする者が人を招くような約束をすると思う？」

「美和に助けてもらいたいという気持ちがどこかにあったのかな」

「ほな、どうして門や玄関の鍵をかけてたん？」

「そういえば、確かに変だ」

冴子は素直に引きさがる。美和は勢いよく起き上り、

「犯人は残念ながら私の義兄（あに）、加川昌……」

極めて大胆なご意見だ。

「私には分かるんや。昌がいまだに現れへんのは、姉ちゃんを殺そうとしたから。自殺を擬装したんは、単なる他殺やったら自分が一番先に疑われると予測してたからや。夫婦の間は冷えきってたし、最近は認知問題のごたごたもあった。それに、昌は、きのう私が姉ちゃんに招ばれていることを知らんかった。東京へ行ったんも何となく怪しい」

「アリバイとしては申し分ないよね」

「どんな仕掛けかは分からんけど、密室を作った理由もそこにあるような気がする。昌は姉ちゃんが自殺したという連絡を、東京のホテルか画廊で受けるようなシナリオを書いてたんや。けど、私らが塀を乗り越えて邸（やしき）に入ったことでそのもくろみが外れた」

「それで、失跡……」

「と、思うわ。それにしても昌はどうやって殺人が未遂に終ったことを知ったんやろ。そのことだけが、いくら考えても分からへん」

そこまで聞いて、冴子にはふっと思いあたることがあった。あの間違い電話だ。

「そういえば、きのうの晩、七時すぎだったかな……美和が病院へ行ったあと、加川家に電話がかかったんだ……」

冴子は額に手をあて、記憶を辿る。

2

「そういう重要なことはもっと早ういうてもらわんと困るやないか」

島崎が眉根を寄せれば、

「へえ、たかが間違い電話がねえ」

田村は上を向いて鼻からけむりを出す。こんなやりにくい手合いも珍しい。

島崎は去年、春の人事異動で西宮北署に来た。ポストは刑事課捜査一係主任。係長は熊谷警部、部下は田村、浜野、西尾。島崎を入れて計五人の小所帯である。新しい環境にはすぐ慣れた。異動前も県警本部の捜査一課勤めだったから、仕事の内容はさして変わらない。

熊谷とはうまく行っている。切れるというところはないが、足と根気でそれを補う古い探偵タイプなので、回り道をしても犯人を挙げさえすれば機嫌がいい。

西尾はまだ若手だから、誰に対しても素直で活動的。

浜野も何とか手なずけた。いかつい風貌に似合わず単純で人の好い面があるから、こちらから具体的な指示を与えればそれなりに動く。

で、問題は田村。もう二十年近く一係に巣食っていて年も年だし、もちろん昇進などとうの昔に諦めているため、上司を上司と思わぬところがある。その日その時を適当に過ごしていればやがて定年、年金暮らし。いつもマイペースで、やる気というものが感じられない。しかし、だからといって無能というわけでもない。捜査の方法や勘のつけどころが的確で、事件が解決してみれば結果的に最短コースを走っていたということがよくある。そこがまた島崎には腹立たしい。

「それで、相手はどういうたんや」

「さあ……電話とったんは浜野やし……おい、下へ行って浜やん呼んで来てくれ」

田村は入口近くの席でファイルの整理をしている若手鑑識係員に指示した。係員は一瞬むっとした顔になったが、黙って部屋を出て行った。ここは西宮北署三階の鑑識係。捜査係の刑事部屋は二階にある。

浜野が来た。

「――ええ、よう覚えてます。あれはデカ長が時計を見はった時やから……七時十分ですわ。はあ、確かです。一回目は、トクシマさんですか、いうてました。二回目はその一分ほどあとでした。何もいわへんし、腹立ったから、ここは警察じゃというたりました。男の声で、年は四十くらいでしたかな。ぼそぼそと聞きとりにくい喋り方でしたわ」

「なるほど」

間違い電話には何らかの意味があるような気がしてならない。この事件が殺人未遂であるなら、その電話の主はおそらく犯人だ。犯人は現場を離れたあと、ことの成り行きを確かめたくて、加川家へ電話を入れた。誰も出ないはずなのに、男が受話器をとった。それで、ダイヤルをミスしたのかと思って、もう一度電話してみた……いや、待てよ。それならなぜ一度目の電話で、トクシマさんですか、などと呼びかけたのだろう……。

「何をぶつぶついうてますねん」

田村がいう。眼鏡の奥には赤錆びた眼。田村は間違い電話の件をわざと黙っていたのだろう。彼は彼なりに将来何かの手掛かりになると読んでいたに違いない。そういうレベルの低い縄張り根性が田村にはある。

そこへ、隣の部屋から鑑識係主任が書類袋を抱えてやって来た。

「お待たせ。これが現場写真や」

主任は袋から写真の束を取り出し、デスクの上に広げた。どれもが週刊誌一ページぶんほどの大判だ。アトリエの全景、窓、壁、天井、床、更衣室、主任は簡単な説明をしながら写真を島崎たちに提示する。

「窓のアルミサッシュと掛け金から、不完全なものを含めて十二、三人分の指紋を検出した。今、照合中やけど、あの女子大生二人の指紋とは一致せん」

「ドアの指紋は」

「内側のカンヌキと外の把手（とって）からいくつか採（と）れた。把手の方に池内冴子の右手親指と中指の指紋が付いてた」

「まんざら嘘をついているんでもなさそうやな、あいつら」

田村は眼鏡を外し、しわだらけの節くれだった指で瞼（まぶた）のあたりをかく。さっきから頻（しき）りにそうしている。

「カンヌキが閉まったことについて、何か分かったかな」

島崎の問いに、主任は小さく首を振り、

「もうちょっと待って。今日、現場へ二人やってるし、ちゃんとお日さんの下で調べたら、また何ぞええ手掛かりが見つかるかもしれん」

「あれ、氷とかドライアイスみたいな溶けてなくなるもんをつっかい棒にしたとは考えられんかな」

島崎は思いつきをいってみた。

「ドライアイスねえ……」

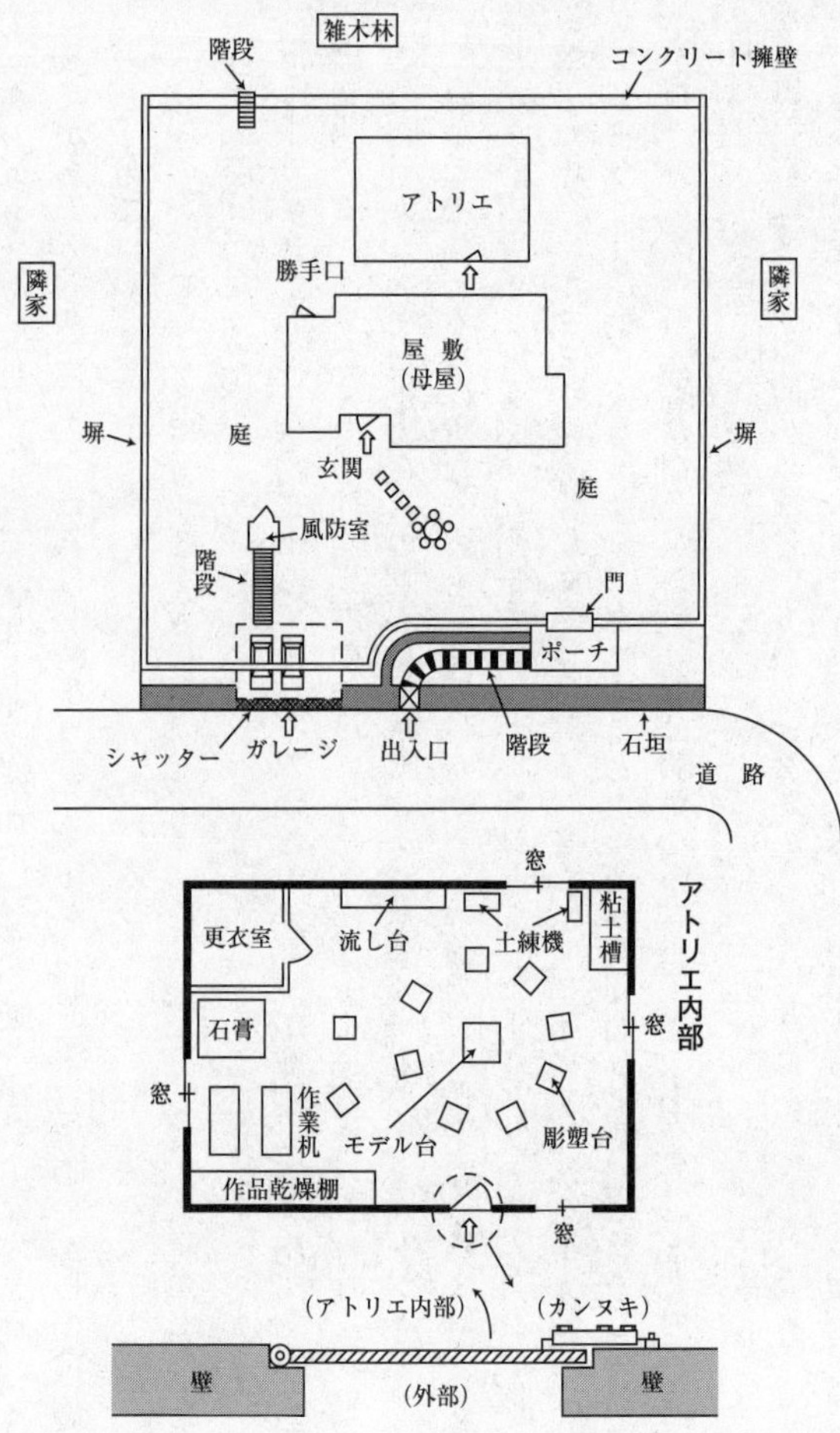
雑木林
階段
コンクリート擁壁
アトリエ
勝手口
隣家
隣家
屋敷
(母屋)
塀
庭
塀
玄関
庭
風防室
階段
門
ポーチ
シャッター
ガレージ
出入口
階段
石垣
道路
窓
アトリエ内部
更衣室
流し台
土練機
粘土槽
石膏
窓
窓
作業机
モデル台
彫塑台
作品乾燥棚
窓
(アトリエ内部)
(カンヌキ)
壁
(外部)
壁

主任は額に手をやり、しばらく考え込んでいたが、

「あのカンヌキがおりたんは、藤井と池内が加川雅子を運び出してからやろ。……我々があのアトリエに入ったんは七時十五分。救出が六時四十五分頃やから、たったの三十分ではね……」

主任のいいたいことは分かる。仮にドライアイスを使ったとしても、昇華してしまうには時間が足りない。

——カンヌキの長さは約二十センチ。そのうち十センチが扉側に突き出ているから、扉を閉めるには少なくとも約六十度の角度でカンヌキを上にあげなければならない。その時、カンヌキと止め金具の間隔は約八センチ。八センチもの大きなドライアイスが昇華して消えるには少なくとも二時間はかかる。おまけに、昨日はひどく寒かった。だから池内冴子が扉を閉めた衝撃でつっかい棒にしていたドライアイスが外れ、床に落ちた場合、かならず鑑識係員に発見される。また、ドライアイスが三十分で消失してしまうような小さいものなら、カンヌキと止め金具の間隔は二、三センチしかないから、カンヌキの先端がひっかかって扉は開かない。雅子を救出することもできない——。

「更衣室はどうや。何かめぼしいもんあったか」

島崎は話題を変えた。いつまでもカンヌキにばかりかかずらっていては捜査が前に

進まない。

「ドアのノブとガスの元栓に付いてた指紋が藤井美和のものと一致した」

「他には」

「ガスストーブ、灰皿、マッチ、ボールペン、睡眠薬の入ったシート、ウイスキーのボトル、グラス、以上の物品から加川雅子の指紋が採れた。不審な点はなし。それと、メモ帳に遺言らしきものがあった。ちょっと待ってや。持って来るわ」

気軽に立ち上って主任は隣の部屋へ行き、すぐに戻って来た。

「これや。しんどいけど読めるやろ」

島崎はメモ帳を受け取った。厚さ五ミリ、文庫本くらいの大きさだ。表紙にスヌーピーが印刷してある。表紙をめくったが、下は白紙。代わりに、細く押しつけたような線が何本も見えた。上の一、二枚にボールペンで書いた筆跡が下の紙に残っているのだ。上の紙はちぎり取ったのだろう。

「ツカレマシタ　サヨウナラ　サキダツフコウヲオユ　ゴメンナサイ」

島崎はゆっくり口に出して読む。線が重なって読みづらいが、カタカナばかりなので何とか判読できる。

「灰皿の中に紙の燃え殻があった」

あれこれとメッセージを書いてみては破って燃やす雅子の姿が目に浮かぶ。

「これで決まりでんな」

田村のしわがれ声。ネクタイを緩めて、今度は首を掻いている。

「しかしな、この遺言、必ずしも雅子が書いたとも限らんで。ちゃんとした筆跡がないから鑑定もできへんし、それに睡眠薬にしても自分で服んだとは判定できへんやろ」

「ほな、主任は他殺やというわけでっか」

「いや、そうはいうてへん。いうてへんけど……」

島崎にしてもこのあたりで幕引きということにしたい。あれは単なる自殺未遂でした、と署長に報告したい。したいが、まだ「密室」と「夫の消息不明」という二つの疑問点が残っている。この二つを解明するまでは手を引くわけにはいかない。正直なところ、島崎にはこの事件が自殺なのか他殺なのか、まだ判定がついていない。現場検証、女子大生二人からの事情聴取、鑑識報告と、その都度、心証が右に左に傾く。加川雅子から詳しい事情を聞ければことは簡単なのだが。

「それから、あの染みのついたハンカチなんやけど……」

主任がいう。

「あれ、漆や。漆の原液。匂いで簡単に見当がついた」

「何やて！」

田村が椅子から跳び上った。

「ほな、これは漆のせいか」

眼鏡を外して眼をしばたたく。まわりが赤くまだらになっている。

「えらいこっちゃ。わし漆に弱いんや。子供の頃、山へ行ってようかぶれてた」

「もうすぐ、お岩さんになりまっせ」

「やかましい。お前は黙っとれ」

田村にどなりつけられたのは浜野。この男、場の状況も考えずについぽろっとつまらぬ冗談をいう性癖がある。その度に、田村はこめかみに青筋たてて怒る。横から眺めている分には結構おもしろい。

「いずれにせよ、加川雅子の回復待ちやな。明日は加川昌の地取りと、念のため睡眠薬の入手経路を洗おか」

　壁の時計を見て島崎はいった。午後五時ちょうど。今日は早く帰って寝よう。

　――翌朝、島崎は熊谷の指示で署長室へ行き、署長、次長、刑事課長の幹部連に事件の経過報告をした。幹部連からはこれといった指示はなかった。署長室を出る時、次長が、

「くれぐれも慎重にやってくれ」

とだけいった。加川昌がその世界ではかなりの知名人だけに、神経を尖らせているようだった。一係の部屋に戻れば、田村と浜野はいなかった。西尾に訊くと、甲陽園へ行ったという。加川家近くの医院、薬局をあたり、睡眠薬の出どころを探るためだ。島崎は西尾に甲陽園近辺のタクシー会社をリストアップさせた。加川家の車庫にはベンツとセドリックが駐められていたから、加川昌はタクシーで家を出たと思われる。リストを手に電話をする。運よく、三軒目の「甲和タクシー苦楽園営業所」で、加川を乗せたという回答を得た。当の運転手は今日は非番で会社の独身寮にいるという。寮の電話番号と住所を聞いて、島崎は電話を切った。

甲陽園のひとつ手前、苦楽園口駅に降りた。線路に沿って少し歩く。左側に小さな三階建のビルがあった。かなり古い建物らしく、前面だけに貼った煉瓦タイルがところどころ剝げ落ちている。〈甲和タクシー苦楽園寮〉、表札の字が褪せて読みにくい。

「はい、確かに送りました。加川さんの顔はよう知ってます。今まで何回か乗ってもろたことありますから」

運転手の名は水谷、三十少し前の小柄な男だった。ぼさぼさの髪に無精ひげ、えりと裾の伸びきったセーター、膝の抜けたゴルフズボン、つきあっている女性はいないだろう。

「行先は」

「新神戸駅。えらい急いではりました」

「それは何時頃です」

「邸を出たんは九時……四十分くらいかな。新神戸駅へ着いたんが十時二十分。何とか間に合うたいうて、チップくれました。それで、時間のことよう覚えとるんです。何やったら会社へ電話して下さい。日報見たら正確な時間が分かります」

水谷は背中を丸めて話す。管理人室前に安っぽいレザー張りの応接セットを置いただけのロビーには火の気がない。

「加川さんの服装、覚えてますか」

「そうですな、えらい派手なチェックの上着を着てました」

「もうちょっと詳しく」

「どういうてええのか、濃い緑の地に赤や黄色の太い線が入っとるんですわ。そう、芝生の上に色鉛筆を並べたみたいな」

確かに派手なジャケットだ。

「シャツはどうです」

「紺かこげ茶……とにかく、暗い色やったと思います。それと、白っぽい何とかタイ。絹でできたマフラーみたいなやつ。アップ……アプリコット……」

「アスコットタイ」

「そう、それですわ」

「ズボンは」

「さあ……覚えてません。上着があんまり目立つもんやから、そればっかりに気をとられて」

「加川さんは駅の構内に入る時もその服装で?」

「いえタクシーを降りてすぐコートをはおりはったと思います」

「どんなコートです」

「カーキ色のコート。えり立てて、いかにも芸術家いう感じでしたわ」

「そうですか……どうも」

「あの、加川さん、どうかしたんですか」

おきまりの文句が出た。訊込(ききこ)みのあとは必ずといっていいほどこの種の質問を受ける。

「いや、ちょっと調べたいことがあってね」

と、これもおきまりの空虚な応答。あとを適当に切り上げ、島崎は寮をあとにした。

来た道を戻り、苦楽園口駅前の「甲和タクシー営業所」で賃送記録を見せてもらった。水谷のいったことに間違いはなかった。次は新神戸駅だ。

午前中いっぱいかかって三つ目の立方体のバリ取りを終えた。午後からはバフをかけるつもりだ。今日中に、六面のうち二面は仕上げられるだろう。一息ついてアームチェアにもたれ込んでいるところを、ポンと肩を叩かれた。美和だ。こやつにはいつも後ろからふいを襲われる。あとでアームチェアの向きを変えておこう。

「仕事どう、捗ってる？」

「見てのとおり。かよわい婦女子に肉体労働は向いてないね」

「嫌ならやめとき」

「艱難汝を玉にする、っていうじゃない」

「そんなええもんかいな」

「姉さん、どうだった」

美和は今朝も西宮市民病院へ行った。午後はこうして学校に来る。

「相変わらず。けど、顔色は良かった」

「さて、どこ行こう……またラーメンランチ？」

冴子はジーンズのお尻をはたいた。

「天気もいいし、今日はちょっと遠出しような。北白川はどう？」

最近、白川通沿いの一乗寺、瓜生山周辺にしゃれたブティックやレストランが次々とオープンしている。京都で今一番新しい街だ。美和はステーキの約束を履行するつもりらしい。

「ごちそうさま。私、ハンバーグでいいや」

彫刻科のおんぼろトラックを借り、二人は北白川へ向かった。運転は美和、市内中心部の渋滞を避け、西大路通から北大路通を走る。

一乗寺下り松角のカフェバー風レストランで千二百円也のハンバーグ定食を食べ、修学院通の喫茶店へ入った。ソアラやクラウンの間に駐めた赤錆と泥まみれのボンネットトラックから降りる時は一度周囲を見まわした。少しは見栄というものがある。

美和は苦すぎるコーヒーに砂糖を足しながら、

「冴子、梅野いう人、知ってたね、彫刻科の先輩」

唐突にいう。

「去年の夏、梅野さんの工房で二週間ばかり原型造りのバイトをしたけど……」

「それ、どこ」

「太秦。映画村のすぐ近く。梅野さんがどうかしたの」

「あの人、確か立彫会やったね」

「そういえば、元会友だとかいってたっけ。私の知る限り、美大を出て立彫会に出品していたの、梅野さんだけじゃないかな」

京都美大の彫刻科は伝統的に抽象が主流であり、だから立彫会のような具象作品中心の団体に所属する卒業生は珍しい。

「ふーん、元会友ねえ……」

美和はカップを手にしたまま外を眺めている。何か考えているふうだ。冴子は内心余計なことをいったと後悔した。会友云々が美和の好奇心を刺激してしまったのではなかろうか。

美和がこちらを向いた。

「な、冴子、これから太秦へ行こうな」

案の定、冴子の懼れていた言葉が来た。

「嫌だといっても連れて行くんでしょ」

「よう分かってるやないの」

「美和の企み、当ててみようか」

「うん。……どんな？」

「探偵ごっこ」

冴子は残りのコーヒーを飲みほす。午後の制作は諦めた。あのハンバーグ定食は美和の撒いた餌だったのかもしれない。

「梅野工房」横の空地にトラックを駐めた。

「工房とかいうから、もっとちゃんとした建物を想像してたのに。飯場みたいやな」

少し傾き加減のプレハブ二階建を見上げて、美和がいう。壁のカラー鉄板は大きく波うち、破れた窓にはヌードポスターが貼ってある。

「元は工事用の簡易宿舎らしいけど」

「ほな、ほんまの飯場やないの」

「梅野さんにいってやろ」

冴子はガタピシする引き戸を両手でこじ開けた。猛烈な悪臭。一瞬、加川邸のアトリエを思い出した。

「何、これ……ガス？」

後ろから美和が訊く。

「ポリエステル。ひどい臭いでしょ」

冴子は先に立って中に入った。

梅野吾郎は頭にバンダナを巻き、床に置いた十数個の石膏の凹型にポリエステル樹脂を貼り込んでいた。冴子たちを見て、

「よお」

と、手を上げたが、

「ちょっと待って。今、手離されへん」

いって、また作業を続ける。

「何してはるの」

　美和が背中をつつく。

「FRPの成型」

「FRP？」

「強化プラスチックの一種でね、――」

　FRPとはファイバーグラス・レインフォースド・プラスチック（繊維で強化したプラスチック）の略。製法は、石膏などの凹型に触媒を混ぜた液状のポリエステル樹脂を塗り、次に布状のガラス繊維を貼り付ける。しばらく待って樹脂が硬化し始めたら、ガラス繊維の上にまた樹脂を塗る。そんな具合に樹脂と繊維を何層か交互に重ねて成型をする。FRPは小型船舶、浄化槽、浴槽など大型成型物の材料として利用されている。

「具象彫刻なんてね、一昔前はブロンズの鋳造でしか成型ができなかったのよ。ブロンズって高いでしょ、実物大の人体だったら二百万円近くの鋳造費が要るもの。学生にはとてもじゃないけど都合できる金額じゃないよね。それがFRPなら二万円くらいでできるんだ」

「そら便利や」

「技術を習得すれば、こうして職業としても成り立つしね」

梅野は「京映」の美術の下請けをしている。お地蔵さん、手水鉢、瓦屋根、石垣など、本物なら重くて移動困難なものから、生首、死体など特殊なものまで、おおよそプラスチック類で代用できるものは何でも作る。今も工房の片隅には壊れた石灯籠や昭和初期のポストがころがっていて補修を待っている。

冴子は流し台の洗い桶に浸けたままのコーヒーカップを三つ手早く洗って作業台の上に置いた。カップにインスタントコーヒーを入れ、石油ストーブのヤカンの湯を注ぎ分ける。砂糖とミルクを入れ、スプーンでひとかきした時、梅野が作業の手を休めてこちらに来た。丸いメタルフレームの眼鏡をとり、タオルで顔を拭う。無精ひげが鼻の下から喉仏までびっしり貼り付いて歯だけが白い。頭のバンダナと髭、太い眉、がっしりした体、まるで海賊だ。

「この人、藤井美和さん、日本画科の友達です」

「よろしく」

美和は両手を揃えて深くお辞儀をした。何によらず若い男性には愛想がいい。

「こちら、梅野吾郎さん。卒業して……」

「八年。年がばれるな」

「あの、今作ってはるの、何ですか」

「お人形さん。松田健作の代わりに崖から海へ突き落とされるそうや」

「松田健作いうたら、あの俳優の」

「そう。顔だけはそっくりそのままや。デスマスク……いや、ライフマスクをとってから、ポリで成型する」

「ちょっ、ちょっと見せて下さい、それ」

美和の声がうわずっている。彼女が松田の大ファンで、おまけにかなりのミーハーだということを思い出した。

「上にあるし、ついといで」

いって、梅野は入口横の階段を上る。美和と冴子もあとに続いた。

ベニヤ板の床がぎしぎしする。二階は資材と半製品の置き場だ。ガラス繊維のロール、ポリエステルやシンナーの缶、両替商、呉服屋の看板、たたみ一畳ほどの怪獣の足、骸骨(がいこつ)、キリンの首、カバの頭など、種々雑多の物品がところ狭しと散乱していて、足の踏み場もない。

梅野は奥の壁際にある大きなロッカーの扉を開けた。

「ヒエーッ」

美和が叫んだのも無理はない。ロッカーの中には白い人間の顔とその石膏凹型がぎっしり詰まっていた。

「これが女優の鳴海慶子(なるみけいこ)、これは、桜川真次(さくらがわしんじ)、それと、勝田清美(かったきよみ)……」

と、梅野はマスクを一つずつ手にとって解説する。ライフマスクはみんな眼を閉じ、口を固く結んで、生気というものがないから、梅野に名前を聞くまではモデルが誰なのか分からない。特に女性は全く判別できない。

「このだんご鼻が広田伶子ねえ……化粧がうまいんやな」

美和が妙なことに感心する。梅野は笑いながら、

「こんなふうにマスクをストックしといて、注文にすぐ応じられるようにするんや」

「松田健作のはどれです」

「これ、かな」

梅野は中段左端のマスクをとって、美和に渡した。我の強そうなエラの張った外形が松田の特徴をよく表している。

「すみません、これ複製とってもいいですか。部屋に飾っときたいんです。もちろん、材料費はお支払いします」

美和はおずおずという。こやつ、太秦くんだりまでいったい何をしに来たんだ。人に無理やり案内させておきながら、梅野から立彫会の詳しい内情を聞くというそもそもの目的を忘れてしまっている。

「材料費なんかいらんし、勝手に作ったらええけど、作業は自分らでしてな」

梅野がいえば、

「やったね」

美和はとび上る。マスクの石膏凹型を手に、喜び勇んで階下へ降りていった。

「変わった娘やな……美人やけど」

梅野が両手を広げて嘆息する。

「いつもあの調子なんです」

冴子も同じように肩をすくめてみせた。

ライフマスクの複製は一時間でとれた。作業はほとんど冴子がした。初めは美和に任せていたのだが、刷毛の使い方がどうの、ガラス繊維の貼り方がこうのと、しつこく何度も訊きに来るものだから、まどろっこしくなって結局は冴子がひとりで作ってしまった。美和といるといつもこの調子だ。いつの間にやら彼女のペースに巻き込まれている。

「うん、なかなかのもんや」

美和はできあがったマスクを撫でまわす。梅野は向こうで仕事を続けている。人形の脚と胴が完成して、これから両手と首をつけようとするところだ。作業を中断させるのなら今がいい。

「美和、早く立彫会のこと訊きなさいよ。私、大学へ帰って自分の仕事をしたいんだけど」

「おっと、それや。こんなあほなことしとられへん」

あほなことをさせたのは誰だ。

美和は梅野のところへ行き、小声で話しかけた。

梅野がこちらへ来た。ゴム手袋をとりながら、

「立彫会のこと、訊きたいんやて？」

と、冴子にいう。美和のやつ、また人をだしに使ったらしい。

「ええ。……それと、副理事長の加川昌についてできるだけ詳しく」

仕方なく、冴子は答えた。

「おれ、もう立彫会とは縁切ったし、あんまり詳しいことは知らんけど」

梅野はジーンズのポケットからくしゃくしゃのハイライトをつまみ出し、マッチで火を点けた。

「副理事長は二人おって、加川昌と菊池圭。理事長は片岡清明いうて――」

梅野は言葉を選んで十分ほど話してくれたが、内容はごく平凡なことばかりで、それは冴子たちが既に知っていることと大した違いはなかった。

「どうもありがとう。参考になりました」

「池内さん、立彫会に出品するつもりかいな？」

「いえ、私は抽象だから……」

たとえ具象であっても、あんなタレント主義に汚染された団体には出品しない。

「ほな、何で加川のことなんか訊くんや」

「レポートを書くんで、少し調べたいことがあるんです」

加川の妻が死にかけ、その妹がここにいる美和だとは口が裂けてもいえない。

「あのおっさん、女ぐせが悪いし、近寄ったら火傷するで」

「近寄るもんですか。私、おじさん趣味ありません」

「ほな、ええけど……」

梅野はそこで声をひそめ、

「以前、加川にとり入りたいばっかりに自分の妹まで提供しよったやつがおってな、それを加川も何の臆面もなく受け取ったというから、末恐ろしい話や」

「それ、どういうことです」

美和が横から割り込んで来た。

「あいた……つまらんこというてしもた」

梅野は頭をかいてみせたが、内心は喋りたくてたまらないのだろう、すぐに話の続きを始めた。

「関西支部に河村敦夫いう理事がいてるんやけどな……」

――河村には七つ違いの妹がいる。一度嫁いだけれど、夫が無類の博奕好き、競輪狂いでサラ金に多大の借金を作ったため、結婚生活は二年で破綻した。子供はない。とりあえず収入のあてがない妹は、河村の紹介で神戸の画廊に勤めた。画廊は立彫会作家の作品を主に扱っていたから、妹が副理事長の加川と会う機会は何度もあった。妹と加川の間には恋愛感情が芽生えた——。

「と、いうことや」

話し終えて、梅野は吸っていたたばこをコーヒーカップの中に放り込んだ。ジュッと音がする。

「あの、今の話、そんなにスキャンダラスでもないと思うんですけど」

美和が遠慮がちにいう。顔にありありと失望の色。梅野の話は、結婚に破れた女性と、お金持ちのおじさまとのありふれた恋物語にすぎない。妹を提供云々といった人身御供まがいの醜聞ではない。

「ところがどっこい、これからがおもしろいんや」

と、梅野。

「河村は妹と加川の仲に気づいた。普通やったらここで、兄は妹に加川と別れるようにいうはずや。何せ相手は妻帯者やもんな。……けど、河村は違うた。二人の間を積極的にとりもとうとしたんや。で、河村は加川に持ちかけた。妹の画廊勤めをやめさせます、とな」

「どういうこと」

「世間体や。妹は仮にも画廊勤め、加川大先生と同じ業界の人になる。何ぼ世間がすれて来たいうても、同じ業界の素人さんに手をつけたとあっては加川昌の彫刻家生命にかかわる」

「妹さんは画廊をやめたんですか」

「やめた。ほんで、京都の花見小路でクラブ勤めを始めた」

「何でまた……」

「河村は妹をうまいこと丸め込んだんや。クラブのホステスである妹と、客の加川がつきあうんやから世間に対しては何とでも申し開きができる。画廊の従業員であった妹と、クラブホステスの妹が同一人物やということは、当人同士を除いたら河村しか知らん」

「ほな、水商売は隠れみの？」

「そういうことになるな」

「ひどい話。妹さんがかわいそう」

「河村が悪い。……おれ、妹さんが画廊勤めをしてるころ、何べんか会うたことあるけど、まじめでしっかりしてて、とても水商売をするような人には見えんかった。それが、専業の愛人になって、子供まで作るとはな」

「愛人……子供……」

美和は眼を見開き、

「そ、その妹さんの名前は」

「敏子……大沢敏子とかいうてたな」

「ギクーッ」

「何や、知ってるんか」

「いえ……。その人、何で姓が違うんです。前の旦那とは……」

「そう、ちゃんと離婚した」

「ほな、何で河村姓に戻らへんのです」

「小さい頃、養女に行ったからや」

「それは……」

「河村のおふくろさん、妹を生んで間もなく死んでしもた。で、父親が男手ひとつで兄妹を育てたんやけど、今度はその父親がぽっくり亡くなった。河村が高校生、妹が小学二、三年の頃や。ほんで、妹は父親の姉、つまり、おばの家へ養女としてひきとられたんやけど、そこのおやじがこれまた酒呑みのぐうたらで、妹はいうにいえんような苦労をしたらしい。そんな妹を放っておけず、河村は高校を出て働きだしたんを機に、家へ連れ戻した。あとは文字どおり親代わりいうことで妹を育てあげ、嫁にやった。妹がクラブに勤めたりして河村のいいなりになるの、そのためやがな」

「そんな二重マルの秘密、いったいどこで仕入れたんです。ほんまによう知ってはりますね」

「そら、そうや」

そこで梅野は言葉を切った。ふっと唇を歪(ゆが)めて、

「おれ、河村の下で働いていた」

「…………」

「あいつが妹のことで走りまわってた頃、おれはずっと河村と一緒やった。……おれ、大学を出たんはええけど、ちゃんとした就職をせんかった。映画の美術に興味あったし、大道具や小道具の手伝いで『京映』に出入りしてるうちに、河村と知り合(お)うた。当時、河村は一人でこんな仕事してたんや」

梅野は工房の中を見まわす。

「河村いう人、立彫会の理事でしょ」

「河村、その頃は二足のわらじを履いてたんや。加川晋の書生みたいなことしながら、こういう造りもんもしてた。妹のこともあって経済的には苦しかったんやろ。……けど、今は出世して立彫会の理事さんや。確か、まだ四十になってへんはずやけど、そんな若さで理事になるんは異例のことや。加川のひきたてがあったればこそやな」

「私、もうひとつよく分からないんだけど、理事ってそんなにいいものなんですか。実の妹を踏台にしてまでなりたいほどの」

冴子が訊いた。梅野はすぐには答えず、少し間をおいて、

「残念ながらそうなんや。立彫会の理事クラスともなると、ブロンズの胸像一体が安うても二百万に評価される。実際の売値がその六割、百二十万として、そのうち鋳造費が四十万。残りの八十万を画商と折半して、作家の手取りは四十万。これだけあったらひと月食える」

「二百万が四十万……案外少ないんですね」

「そんなことはない。胸像の制作は早い人で実質二日、遅い人でも四日。たった二日働いてひと月食えるんなら、こんなうまい商売あらへん。おれも河村もこうして同じように人体を作ってる。それやのに、おれは一日二万円、河村は二十万。おれは粘土原型を作り、石膏型をとり、それに樹脂を貼り込み、硬化したら石膏型を外し、そのあと修正着色して、やっと完成。対して、河村は粘土原型を作るだけ。あとは鋳造職人がしてくれる。こんな割に合わんことがあるか」

梅野は自分の言葉に興奮して来たのか、口から泡を飛ばして訴える。河村に何か恨みでもあるのかもしれないが、大の男が、それも海賊のような男がここまで愚痴っぽくなると相当に見苦しい。

「梅野さん、河村って人が嫌いなんですか」

「おれ、人の悪口だけはいわへんのが信条やけどな……」

信条と現実がこれほど離れている人物も珍しい。

「あの河村だけはほんまに最低や。この工房、元はあいつが所有してたんや。それを、理事になった途端、おれに譲るとかいいよってな。それでおれ、親に無理いうて買い取った。ああ、これでおれも一国一城の主やと感慨無量やった。けど、それから五カ月くらい経ったある日、区役所のおっさんがここへ来よった」

「何で」

「ここは第二種住居専用地域やし、工場はまかりならんというお達しや。要するに、この工房は違反建築やのに、河村のやつ、そのことを隠しておれに売りつけよったんや」

「でも、こうして仕事を続けてるじゃないですか」

「仕方ない。便所の火事や」

「何です、それ」

「やけくそ。強制執行でも何でもしてくれ、いう心境や。役所のおっさん、年に二、三回来るけど、おれ無視してる」

「梅野さんも日展とか新制作の会員になって河村さんを見返してやればいいのよ」

冴子は皮肉を込めていう。

「あかん。こういう具合に毎日の仕事に追われていると自分の創作にまで手がまわらへん」

負け犬の遠吠えとはこのことだ。冴子は美和に眼で合図して、

「帰ります。進級制作展、お暇だったら見に来て下さい」

「ちょっと待った。今、おれのいうたこと、誰にも喋ったらあかんで。トップシークレットや。河村のほかには加川派の理事三、四人しか知らんし、おれがこんなこというたと分かったら、どえらいとばっちりが来る」

「だって、梅野さん、今は立彫会と関係ないんでしょ」

「そらそうやけど、この世界は狭いからな。何となく分かるやろ、おれの立場」

そう呟くようにいって梅野は視線を逸らした。情けない。二度と梅野の顔など見たくない。

冴子は足早に工房を出た。

おんぼろトラックはよくはねる。ちょっとした道のでこぼこをそれは忠実に伝えてくれる。ヒーターは効かず、ラジオは壊れている。冴子はエンジン音に負けぬ大声で、

「私、見損なっちゃった、梅野さん。あんな女々しい男だとは知らなかった」

「女々しいからこそ、あれだけの話を聞けたんや。昌と愛人のなれそめが分かって良

かったやんか」

「わたしゃ、別に良くはありませんけどね」

「また、すねる。これも乗りかかった船、水平線の彼方がどんなふうになってるか、冴子も見たいでしょうが。……ね、健作」

いって、美和はライフマスクを胸に抱く。やってられない。

3

新神戸駅での訊込みは徒労に終った。

「甲和タクシー」の水谷の話によると、加川が駅に着いたのは二月一日の午前十時二十分だから、それ以降の列車、十時二十八分発ひかり二〇〇号と、念のため十一時八分発ひかり一四〇号について、加川が乗車したかどうかを調べてみた。飛行機のような搭乗者名簿などあるはずもないから、その日、当該の列車に乗務した車掌の名を教えてもらい、その一人ひとりに電話で訊いてみた。芝生に色鉛筆をぶちまけたようなジャケットを着た客には覚えがないと、全員がいった。予想どおりだった。いくら派手な服を着ていようと、乗務員にとって客は単なる商品だから、記憶は残らない。別に落胆もせず、構内の食堂でかちんそばを食べ、署に戻った。

刑事部屋には田村と浜野がいた。椅子に浅く腰かけ、ストーブに両手をかざしている。帰って間もないのだろう、二人ともまだコートを着ている。

「睡眠薬の入手先、分かりました」

島崎を見てひょいと一礼し、浜野がいった。田村はこちらに背を向けたまま動かない。

「甲陽園の駅から東へ一キロほど行ったところにある『前田医院』。加川雅子に、確かに睡眠薬を渡していたそうです。雅子は三年ほど前から軽い不眠症で、定期的に薬をもろてたそうです」

「そうか、それでとりあえず睡眠薬についてはかたがついたわけやな」

「そのあと、帰りに市民病院へ寄ってみたんですけど、雅子の記憶がちょっと戻りました」

「ほう、それで……」

「あれ、やっぱり殺人未遂です」

「何やて」

「加川雅子、きのうまでは何を訊いても、苦しい、いや、の一点ばりやったんやけど、今日の午後になって新しい言葉を洩らし始めたんですわ。助けて、やめて、泥棒……ほんで、両手で口や鼻のあたりをかきむしるような仕草をするんですわ」

「泥棒いぅのが穏やかでないな」

「ただでさえ忙しいのにかないまへんな。それに、あんなふうにちょっとずつ記憶が戻るのは始末が悪い。戻るんなら戻るで、犯人（ホシ）の名前までいうてくれりゃ世話はないのに」

吐き捨てるようにいってこちらを向いた田村の顔は、暴走族ご用達（ようたし）の細長い三角サングラスに白い大きなマスクをつけている。月光仮面のできそこないだ。思わずふき出しそうになるのを、島崎は奥歯を嚙（か）みしめてこらえた。その表情の変化を田村は敏感にみてとったらしく、

「笑いたかったら笑（わろ）たらよろしいがな。遠慮することおませんで」

コートを脱ぎ捨て、ぷいと部屋を出て行った。トイレだろう。

しばらく待って、浜野がグフッとやった。島崎も笑う。

「あれ、何……ひどいな」

「ひどすぎます。朝からずっと一緒におったわしの身にもなって下さい。どれだけ辛（つら）かったか」

浜野は腹を抱えて大笑いする。

「サングラスとって顔を見せて下さいいうても、絶対にとらんのですわ。あの人にも羞恥心（しゅうち）があったんかと思うと余計におかしいて、もうほんまに我慢できんのです。さ

っき、病院へ行った時も」

いいかけたところへ、

「どうした。よっぽど楽しいことがあったんやな」

ふり返ると鑑識係の主任がいた。田村でなくてよかった。

「きのうの昼、もう一回現場へやった連中がおもしろい写真を撮って来てな。ま、見てくれ」

主任は白衣のポケットから写真の束を取り出した。写真の大きさは二種類、きのう見た週刊誌一ページぶんほどの大判が二枚と、キャビネ判が五枚。キャビネ判はアトリエのカンヌキ部分だけをいろんな角度から大写ししている。

「この大判が二月一日夜の鑑識写真、こっちのキャビネ判が二月二日の午後撮ったやつ」

七枚の写真をデスク上に並べた時、田村が部屋に戻って来た。主任は一瞬眼を見開き、体を硬直させたが、下を向いてひとつ空咳(からせき)をしたあとはいつもの平静な表情になっていた。

「で、これとこれ、じっくり比較して欲しい」

七枚のうち、同じ角度から写した大判一枚とキャビネ判一枚を指で押さえた。

「色が違いますな」

浜野がいう。

「そら、撮った日も別やし、明るさも違うから」

ばかばかしい意見に主任は苦笑する。

島崎は写真に顔を近づけるが、どこをどう比較するのかまったく分からない。

「これ、使うか」

主任が胸ポケットから拡大鏡を取り出したら、横から田村がそれをひったくった。

「どれどれ、シャーロック・ホームズが見分したろ」

腰を屈めて写真を覗き込む。

「あかんわし、眼が悪いし、分からんわ」

田村はすぐに拡大鏡を放り出した。

「そんなおもろいサングラス、とったらよろしいがな。よう見えまっせ」

また浜野が要らぬことをいう。田村はゆっくりと浜野の方へ向き直り、

「もういっぺんいうてみい」

低い声ですごむ。

「もうええ。どんな大きい虫メガネを使うても、分からんもんは分からん」

島崎は割って入った。

「わしが悪かったみたいやな、つまらん勿体つけてしもた」

主任は鼻の頭をひとかきして、

「二月一日の方、よう見てくれ。白い点々が付いてるやろ」

大判写真の、止め金具とプレートの部分を指先で叩いた。そういえば、確かに白い粉のようなものが濃い緑色の金具とプレートにポツポツと浮かび上っている。

主任は、今度はキャビネ判を指さし、

「それが、二月二日の写真では白い点がきれいさっぱりなくなっている」

「何でや」

島崎が訊くと、

「さあ、何でやろ」

主任は首を傾げる。

「カンヌキと把手の指紋を採ったんは」

「井原君や。彼が作業した時には、そんな白い粉は付着してなかったそうや」

「それ、確かかいな」

「確かや。念を押した」

「撮影した時間は」

「二月一日の午後七時四十分ごろ、指紋を採取したんが十一時前後」

「三時間二十分の開きやな」

その間に白い粉は消えてなくなったという。

「撮影したんは」

「それも井原君。全然気がつかんかったというてる」

無理もない。夜の室内、いくら照明があるとはいえ、カメラのレンズを通してあんなゴマ粒より小さな点を発見するのは不可能に近い。フラッシュがあたってはじめて、点は浮かび上ったのだろう。

「これ、いったい何や」

「いや、それを訊こうと思てここへ来たんやがな。ひょっとしてこのお二人が覚えてるかもしれんし……」

主任は田村と浜野を交互に見る。

「わし、知りませんで。鑑識の邪魔せんように、アトリエの中をほっつきまわったりせんかったから」

浜野が慌てて手を振る。田村は知らん顔。

「いずれにせよ、その白い点が密室手品のタネになりそうやな」

と、島崎。

「ブツさえあれば、何とかなるんやけど、こんな写真だけではな……」

主任は傍らの椅子を引き寄せて坐った。島崎は拡大鏡を手に写真を覗き込む。分からない。

「井原君は」

訊いてみた。

「鑑識部屋にいてる」

「呼んでもらえへんか」

井原の口から直接事情を聞いてみたい。

主任が電話すると、井原はすぐにやって来た。額が広く、度の強い眼鏡をかけた学者タイプ、年は浜野と同じはずだ。

「――そういうわけで、何のお役にも立てません」

井原の話は、さっき主任から聞いたのと、寸分変わりはなかった。

「他に、どんなことでもええ、気づいたことなかったかな」

しつこく訊く。

「指紋を採る時、苦労しました。把手やカンヌキが湿ってて、うまいこといかんのですわ」

指紋を採取するには、まずアルミニウム粉末を対象箇所に叩き付けなければならない。対象が濡れていたり湿っていたりすると丸刷毛がうまく使えないし、第一、粉が浮いてしまう。

「窓の掛け金具はどうやった」

「乾いてました。そやから、扉は後まわしにして、窓の方から先に作業を始めたんです」

おぼろげながら、密室の謎を解く糸口を摑んだような気がする。

「ガラスとアルミサッシュの窓が乾いてて、木の扉に付けた銅製の金具が湿ってる……こら、逆やがな。夜露なら、窓ガラスの方に先におりるはずや」

「なるほど、そういや、そうや」

主任が腕組みをする。

「氷ですわ、氷……氷をカンヌキと止め金具の間に挟みよったんや」

浜野がいえば、

「あほ。氷やったら溶けて水になる。扉や床がびしょ濡れになるやないか」

田村がマスクの下からくぐもった声を出す。

「ほな、ドライアイスかな」

「それはきのう検討したやろ。昇華する時間に根本的な無理がある。同じこと何べんもいうな」

田村はひとりストーブのそばへ行き、両手を後ろに組んで背中を温める。もう考えることを放棄したらしい。

島崎は自分のデスクに腰を下ろし、眼を瞑る。カンヌキ、白い点、消失、露、瞼の裏を何度も同じ映像が行き来する。もう少し、あとほんの少しで求めるものに行きあたりそうな気がする。白い点、白い粉、……砂糖、塩……結晶。消失……液体、気体……泡。露……夜露、水蒸気、水滴、霜、結晶、……白。

「分かった！」

椅子から跳ね起きた。主任、井原、田村、浜野、部屋の全員が島崎を見る。

「やっぱり、ドライアイスや。それがタネや。密室のタネや。……そうか、そうやったんか」

島崎は震える手でたばこを吸いつけた。天井に向けて大きくけむりを吐き出し、

「この事件は間違いなく殺人未遂や。ドライアイスはな、あの女子大生二人が現場に行った時、すでに昇華してなくなってたんや」

犯人は加川雅子を更衣室に放り込み、ガスを噴出させた。アトリエを出る時、カンヌキにドライアイスをセットした。ドライアイスは昇華して小さくなり密室が完成するはずだった。ところが、カンヌキはおりなかった。凍結したのだ。二月の底冷えするコンクリートのアトリエ。おまけに扉金具は熱伝導率のいい銅の鍛造品。凍りつくのは、当然の結果であろう。池内冴子と藤井美和が現場に入ったのはまさにこの時だった。二人は雅子を救出し、アトリエの外へ出た。そのすぐあと、凍結が弛んでカン

ヌキは下に落ちた。当然、現場には何の遺留品も残らない。

事件当夜の鑑識写真に写った白い点はおそらく「霜」だったのだろう。それが指紋を採取するころには溶けて水滴になっていた。あと十分、いや五分、写真撮影が遅れていたら白い点は消え失(う)せ、密室は永遠の謎になっていたかもしれない。

「そうか、……結局は単純なトリックやったんですな。まるで安物の探偵小説や」

浜野がいう。

「探偵小説やったらそこで一巻の終りやけど、現実の犯罪はそう都合良くことが運ばへん。皮肉なことにこうしてカンヌキが凍りついてしもた。それに、予定外の来客があって、加川雅子は死なんかった。早(はよ)う夫の身柄を拘束せなあかん」

「犯人(ホシ)は加川昌ですね」

「かもしれん」

あえて断定は避けたが、島崎の考えも浜野と同じだった。それは確信といっていい。

「実験しよ、実験。今日これから現場へ行ってドライアイスをセットしてみる。昇華時間のデータがとれたら、犯人がアトリエを出た時刻が推定できる」

井原をひきつれ、鑑識係主任は刑事部屋から走り出て行った。

「さすがですな。主任は目のつけどころが違う」

浜野のお追従(ついしょう)。

「そうかな……ひょいと思いついただけや」

咥えたばこで椅子に坐り込む。気分は悪くない。

「あのアトリエの一件から丸二日。それやのに加川昌はいまだに姿を現しよらん。これはもう昌が犯人やと考えるほかおませんで。ということはあいつ、新幹線に乗ってませんな」

田村がいった。ネクタイを緩め、あごを突き出して、首を掻いている。

「わしもそう思う」

島崎が応じる。

「タクシーを呼んで新神戸駅まで送らせたんはアリバイ作りかいな……。駅から、また自宅へ戻りよったんやな。で、雅子に睡眠薬入りのウイスキーを飲ませ、ガス自殺に見せかけた」

「しかし、なんぼ夫の勧めやからいうて、良家の奥さんが昼間から酒を飲んだりするか」

「それもそうでんな」

「こういうのはどうや。先に睡眠薬を溶かし込んだ水を飲ませ、正体のなくなったところでウイスキーを雅子の口に流し込む。雅子が不眠症で睡眠薬を服んでいたことを知っているのは、昌しかおらん」

「そう。それですわ」

田村は手を打つ。

「あとは、眠っている雅子をアトリエに運び込み、自殺を擬装して家を出る」

「鑑識のドライアイスの実験結果が出たら、昌のほんまの行動が分かりますな」

「東京へ行くの、ひょっとして飛行機使いよったんかもしれん。七時半のパーティーに間に合わそうと思たら、新幹線では遅い。二月一日午後の大阪発東京行きの飛行機、搭乗者名簿を片っ端からあたってみるんや。……これからの捜査方針、立ったな」

「え……まあね」

田村はくるりと後ろを向き、ストーブに手をかざした。意見はいくらでもいうが、実際に体を動かす段になるとすぐにこうして逃げ腰になる。怠慢が体中に染み付いている。

「係長、どこや」

「たぶん、刑事課長室ですわ。今度退職する盗犯係の送別会をどんなふうにするか、打合せをしてます」

浜野が答えた。

「えらい悠長なことしてるんやな。ちょうどええ、相談して来る」

逸(はや)る気持ちを抑えつつ、島崎は刑事課長室のドアをノックした。

課長と熊谷は打合せを終えたところだった。島崎はドライアイス云々を二人に説明し、加川昌を重要参考人として指名手配することを提案した。刑事課長は慎重派らしく、加川昌のアリバイを確認してからでも遅くないと答え、引き続き島崎に捜査の指揮を執るよう命じた。加川雅子自殺未遂の件に、一部地方新聞を除いて大手新聞各社はまだ大きな関心を寄せておらず、指名手配などすれば、相手が知名人であるだけに報道陣の殺到が予想され、今後の捜査の妨げになる懼れもあった。考えてみれば課長の言い分はもっともであり、島崎はあっさり引きさがった。

岡崎の市立美術館、一階の中央展示室には三十数点の立体作品が並べられている。木、石、鉄、アクリル、ポリエステル、材料もさまざま、形もさまざま。冴子は自分の背より高い作品の間を縫って足早に歩く。ない。いくら探しても自分の作品がない。あの真鍮の立方体はどこに消えたんだろう。途方にくれているところへ、向こうから美和がやって来る。あの大きな立方体を四つも頭に乗せ、まっすぐこっちへ来る。真鍮が光を反射してキラッと光った。

「冴子、起きんかいな」

眼をあけると美和がいた。朝の日射しが眩しい。

「ああ、夢だったんだ……助かった」

「何をぶつぶついうてるの」

「いえ、何でもないの。ところで、今何時」

「九時。講義は」

「今日はなし。昼まで寝ていようと思ったのに」

大学の時間割は午前中が美術史、色彩学、語学などの学科。午後が実習となっている。冴子は一、二回生の時、まじめに単位を修得したから、今年度は週のうち三日だけ講義を受ければいい。

「若者がそんなことでどないする。チャキチャキしなさい」

ふとんをひきはがされた。

「ほい、ええ眺めやこと」

いわれて首を曲げると、ネルシャツがはだけて胸が大きく露出している。慌てて前をかき合わせた。

「女やもめにうじがわく。これでは男が近寄らへんのも無理ないわ」

美和は畳の上に散乱した本やカセット、空のコップ、きのう脱ぎ捨てたままの服をいっしょくたにして押入れに放り込んだ。

冴子はしぶしぶ起き上り、ネルシャツにちゃんちゃんこをはおって外に出た。洗面所とトイレは廊下の突き当りにある。

部屋に戻ると、ふとんは片付けられ、ちゃぶ台の上にコーヒーカップとオーブントースター。美和はそこだけ板張りの狭い台所でキャベツを刻んでいる。冷蔵庫を物色したらしい。

トーストとコーヒー、サラダ、目玉焼き、一週間ぶりのちゃんとした朝食はおいしい。美和は二枚めのトーストにマーガリンを塗りながら、

「きのう、冴子と別れて下宿へ帰ってからやけど、病院から電話があった」

「何だって」

「姉ちゃん、時々いうんやて……助けて、とか泥棒、とか」

「じゃ、やっぱり」

「私、当分、病院には行かへん。仇討ちや」

「大胆なお言葉」

「私、加川昌を堪忍できへん。姉ちゃんをさんざん泣かして来た上、今度はことあろうに殺そうとした……私、絶対に昌を捕まえる。警察がでれでれしている間に私らが捕まえるんや」

私ら、というのが気になったけれど、冴子は黙って聞く。

「昌はきっと大沢敏子に連絡をとる。昌樹の顔、見たいはずや。そやから、私は深草のマンションに張り込む。昌が現れたら捕まえる。敏子が外出するようなことがあっ

たら、どこまでも尾行してみる」

「まるで女性警察官ね。尾行するしないは美和の勝手だけど、仮に加川昌を捕まえたとして、あとはどうするつもり」

「そんなこと……」

勢いよくいいかけて、

「考えてへん」

美和は俯き、トーストをほおばった。

「美和らしいな、そういうところ。それで、具体的にはどうやって張込みするの。マンションの前に一日中立ってるってわけ？　寒いよ」

冴子は窓を見る。外のクスノキが風に揺れている。

「車があったらどうということあらへん。ほんで、冴子に頼みがあるんやけど……」

来た、来た。美和が何か食べさせてくれる時は必ずあとに良からぬ交換条件がある。

明らかに冴子のことを欠食児童扱いしている。

「私にできることなら大抵のことはお引き受けしますけれど」

冴子は背筋を伸ばし、両手を膝に置いた。

「きのうのトラックやけどな、あれ借りてもらえへんやろか」

「あんなポンコツ……」

あまりに小さな要求なので、かえって拍子抜けした。

向日町の下宿を出て、冴子と美和は彫刻科へ向かった。トラックはあいていた。美和はオーバーオールにダウンジャケット、首にマフラーといった重装備でトラックに乗り込み、彫刻科を出て行った。探偵ごっこはいいけれど、自分の制作はどうなっているのだろう。他人事ながら心配になる。

金属工作室に入ると、今日は三人の学生が作業していた。例の「竪穴式住居」はほとんど組み上り、先輩はH鋼に刷毛で希塩酸を塗りつけている。早く錆びさせるためだ。

耳をふさぎたいほどの大きな音はシャーリング。もう一人の先輩が鉄板を切っている。長さ一メートルほどの短冊をあとでクロームメッキし、三十枚ほど並列に立てるという。

直径三十センチの鋼管を帯鋸盤にセットしているのは二回生の女の子。輪切りにした鋼管を少しずつずらして熔接し、イモムシのように床を這わせるらしい。みんな、それなりの美意識に基づいて制作に余念がない。普段はあまり登校して来ないのに、進級制作展が迫ると、こうしてたくさんの学生が集まる。活気があっていい。

冴子はゴーグルをつけ、グラインダーのスイッチを入れた。

島崎は課長の許可を得て、出張することにした。目的地は東京、銀座の「北斗画廊」。今、立彫会東京支部の展覧会が開かれている。二月一日のオープニングパーティーのようすと、加川昌からかかった電話の詳しい内容を訊き、そのあと、宿泊するはずだった千代田区紀尾井町の「ホテル・ニューオークラ」にも寄ってみる。東京方面へは家族で浦安の「ディズニーランド」へ行って以来一年ぶり。何となく心が躍る。缶ビールとつまみ、弁当を買い込み、十時二十八分発、ひかり二〇〇号に乗り込んだ。加川昌が乗った――おそらくは擬装だろう――と思われる列車だ。

弁当を食べ、三本目のビールを空にしたころには関ケ原を走っていた。うとうとしている間に名古屋、豊橋、あとは覚えていない。目を覚ましたら東京だった。八重洲口を抜け、東に向かってぶらぶら歩く。道行く人たちが東京弁を喋っている。あたりまえといえばこれ以上のあたりまえはないが、それで東京へ来たことを実感する。

「アーティゾン美術館」を過ぎ、次の角を右に曲がった。全面がブロンズペーンとアルミダイキャストの大きなビルの一画、そこだけ古めかしい煉瓦タイルを貼っているのが目指す「北斗画廊」だった。

島崎は先に展覧会場へ入った。天井の高い、広い空間にブロンズの胸像と全身像が約二十、どれもが高さ一メートルまでの小品ばかりだ。加川昌の作品もあった。よくは分からないが、繊細なタッチの女性像。

マネキンの方がきれいがな――。

と、これは正直な感想。

芸術鑑賞を終え、隣の事務所に顔を出した。用件を告げると、奥の応接間に通された。出された羊羹をほおばったところへノックの音、嚙まずに呑み込んだ。

入って来たのは初老の男と若い女性。男の差し出した名刺には、〈株式会社北斗画廊、取締役社長、北原真造〉とあった。でっぷりと肥った赤ら顔で、薄い髪を耳のすぐ上から横になでつけている。島崎も名刺を渡し、

「あのこちらの方は」

「平野……」

「百合子です。よろしくお願いします」

平野は緊張しているのか硬い表情で頭を下げた。制服だろう、紺のベストにタイトスカート、グレーのブラウスを着ている。

「あの日、加川先生からの電話をうけたのは平野君でね、詳しいことは直接訊いていただいた方がいいだろうと思って同席してもらいました」

北原はソファに腰を下ろし、

「聞くところによると、加川先生の奥さん、大変なんだそうですね」

好奇心いっぱいの眼で島崎を見る。

「それ、誰に聞かれました」

「いや、ま、ちょっと小耳に挟んだものですから」

「このことはあまり口外せんといてほしいんです」

「分かってます。捜査上の秘密ってやつでしょう」

いって、北原は鷹揚（おうよう）に笑う。この男、どこまで知っているのだろう。

「奥さんは自殺未遂です。夫の加川さんに報（しら）せたいんですが、いどころが分からんので……」

島崎は相手の反応をうかがう。

「それで、わざわざ東京までいらした……自殺でね」

と応じるところをみると、単なる自殺未遂とは思っていないようだ。

島崎は平野の方に向き直った。

「オープニングパーティーの夜、加川さんからかかってきた電話の内容、詳しく話してもらえますか」

「七時十五分でした。『加川だけど、一時間ほど遅れるからよろしく』と、それだけを一方的におっしゃって電話が切れました」

平野は質問を予期していたのか、間髪を容（い）れずに答えた。

「それ、確かに加川さんの声でしたか」

「それは……」

平野は言いよどみ、

「私、加川先生のお声をはっきりとは存じませんし、お顔を見ながら話したわけでもありませんから、確かにそうだとは申し上げられません」

「なるほど、それはそうですな」

島崎はあごに手をやり、

「どこからかけて来たか推測はできませんか。例えば、列車のアナウンスが聞こえたとか、車のクラクションが入ったとか」

「さあ、気がつきませんでした」

「先方は公衆電話だと思いますか」

「それも分かりません」

何を訊いてもないないづくし、この調子では東京へ来たかいがない。

「時間に間違いはありませんね」

「確かです。一時間遅れるとおっしゃったから、すぐ時計を見ました」

「それで」

「社長に伝えました」

と、平野は北原を見る。北原はひとつ咳ばらいをして、

「私はそのことを会場にいらした片岡理事長と菊池先生に申し上げました。両先生とも、そうか、と頷いただけです」

「加川さんが遅れて、困ることはなかったんですね」

「そうです。オープニングの挨拶は片岡先生だけ。乾杯の音頭は顧問の黒田博之先生。パーティーは予定どおり七時三十分から始まりました。出席者は――」

作品を出品した二十名のうち十三名と、立彫会東京支部の会員、会友十八名。関西支部から理事クラス五名、九州支部その他から三名。画廊、評論家、記者などの美術関係者九名。計、四十八名の、この種の催しとしてはかなりの大規模なパーティーであった。パーティーの会場は第二展示室。立食形式だったが、狭いため第一展示室にも人が流れ、急遽、作品を部屋の隅に移動させた。パーティーの終了は九時。忙しさにとりまぎれて加川が来なかったことには気がつかなかった。――と、北原はいった。

「出席者名簿、いただけますか」

「あとでコピーします」

「加川さんの消息について心当りありませんか」

「残念ながら、まったく……」

「話は変わりますけど、理事長の片岡清明氏、引退されるそうですね」

「そんな噂もあります」

「あとがまを副理事長の菊池さんと、加川さんが狙うてるとか」

「狙っているというのはどうかと思いますな」

北原は脚を組み、たばこを咥えた。ポケットから金張りのライターを出して火を点け、

「お二人は副理事長だから、どちらかが次の理事長になられるのは当然です」

と、けむりを吐いた。

「多数派工作が熾烈やそうですね」

「ほう、そうですか」

北原は初めて聞いたようにいう。食えない男だ。

「菊池さんは何時ごろ会場を出ました」

「九時ちょっと前ですかね、理事の先生方、五、六人を連れて出られました。二次会でしょう」

二次会の場では多数派工作が行われたに違いない。対抗上、加川昌もこのパーティーに出席しなければならなかったはずだ。なのに、加川は来なかった。そして行方をくらましている。理由は殺人未遂以外に考えられない。

「加川さんのホテルの予約は北原さんが？」

「ええ。『ニューオークラ』に部屋をとりました」

「キャンセルは」

「していません。いずれ請求が来るでしょうな」

いって、脚を組み直した時、ノックがあって事務員が北原を呼んだ。それをしおに島崎も立ち上り、コートをはおった。パーティーの出席者名簿をコピーしてもらい、「北斗画廊」をあとにした。

紀尾井町へはタクシーを奮発した。皇居の濠に沿って走り、警視庁の前を通った。いたるところに警官が立っている。そういえば、警視庁には四万人もの警官がいる。日本全国の警察官二十二万人のうち二〇パーセント近くを占めているわけだ。警官一人あたりの人口負担率は二百八十人、兵庫県警の約半分だ。事実上、警察庁とともに全国の警察活動を中央統制している警視庁ならではの人員配置なのかもしれない。

愚痴とも評論ともつかぬことを考えているうち、「ホテル・ニューオークラ」に着いた。フロントで話を聞く。——部屋を予約したのは一月二十五日、名前は加川昌、連絡先の電話番号は「北斗画廊」のそれと一致する。

二月一日、加川はチェックインしなかった。またキャンセルの電話も入らなかった。つまるところ、新しい情報は何も得られなかった——。

訊込み(ききこ)を終えたのが午後四時少し前。喫茶室で一服したあと、ホテルを出た。タクシーで浜松町まで行き、モノレールに乗る。羽田でもうひと仕事しなければならない。東京国際空港旅客事務室。警察手帳を提示し、二月一日の旅客名簿を見せてもらった。

おそらく、加川昌は新幹線を使っていない。密室工作をしてアトリエを出たのは、ドライアイスの昇華時間から逆算して、午後四時以降だと思われる。大阪国際空港へ着いたのが五時、搭乗は少なくともその二十分後。——島崎はとりあえず大阪発、東京行き、午後五時から七時までの便に狙いをつけた。対象は意外に少なく、乗継便を除けばたったの三つしかなかった。日航一二三便、一二四便、全日空三六便、細かいコンピューター文字の搭乗者名簿を穴のあくほど睨みつける。加川昌の名前はなかった。別に落胆などしない、予期していたとおりだ。次に年齢と性別から、それらしい人物を探す。サカモト、シモダ、セキ……トクシマ、……トクシマショウイチ、四十歳。トクシマという名に、島崎はひっかかった。事件当夜の間違い電話だ。相手は、電話に出た浜野に「トクシマさんですか」といった。

「この人、連絡先、分かりますか」

島崎はふり向き、すぐ後ろの席で端末機のキーを叩いている旅客課員に訊いた。

「分かります。調べましょうか」

課員はこともなげに答えた。

第三章　芝生のジャケット

1

二月五日、午前九時、署長の型通りの挨拶で捜査会議は始まった。最初、熊谷が立って事件の経過報告をした。次は島崎だ。

「加川昌は徳島正一の偽名で、二月一日、十八時〇分、大阪発の全日空三六便に乗りました。東京着は十九時〇分、旅客ゲートから空港ビルに入ったのは十九時十分前後だと思料されます」

胸を張って発言する。誇らしい気分だ。

トクシマショウイチの連絡先は神戸市垂水区のコーヨー商事となっていた。電話をしてみたら、「斉藤商店」という八百屋にかかった。垂水区内にコーヨー商事という企業はなかった。念のため対象を神戸市内全域に広げて調べてみたら、光洋、光陽、甲陽など同じ名称の企業は五軒あった。そのいずれにもトクシマショウイチはいなかった。

トクシマが航空券を買った場所はすぐ分かった。中央区三宮センタープラザ内の「交通公社」だった。署に電話を入れ、西尾を走らせたが、「交通公社」の係員は航空券を売った相手を覚えていなかった。しかし、いずれにせよ徳島正一が偽名であり、架空の人物であることがはっきりした。

島崎は二月一日、三六便に乗務したスチュワーデスとパーサーの名を教えてもらった。そのうち連絡のとれた三人に訊ねたところ、スチュワーデスの一人が徳島らしき人物を覚えていた。後部右窓際の席、その男はずっとコートを脱がず、外ばかり見ていたので印象に残っているという。レイバンのティアドロップ形サングラス、鼻の下とこめかみからあごに続く濃い髭は加川昌の人相に一致した。

島崎は十九時三十五分発日航最終便をキャンセル待ちして、大阪へ向かった。自宅へ帰り着いたのは十時半、会社員の日帰り出張がいかに大変なものであるかを骨身に沁みて知った。

「加川昌の写真はきのう、羽田の空港警察に送りました。スチュワーデスに見せて確認してもらうよう依頼してあります。それから、これは私の個人的意見なんですが、徳島正一というのは加川昌の語呂合せではないかと考えています。……香川県と徳島県、ショウイチとショウ」

「なるほどな。充分リアリティーのある発想や」

と、刑事課長。何かといえばカタカナ言葉を使いたがる。

「それと、加川邸附近の訊込みで、二月一日午前十一時半ごろ、白のセドリックが邸のガレージに入ったという情報を得ました。筋向かいの家の主婦が郵便物を取りに出た時、塀越しに目撃したということです。加川昌はタクシーでいったん新神戸駅へ行き、駅附近に駐めておいた自分の車に乗って自宅に舞い戻ったものと考えられます」

「運転してたんは」

「分かりません。あの車のサイドウインドーは濃いブロンズガラスです」

「そやけど、ガレージのシャッターを開閉する時、車から降りて来るやろ」

「ところが、あのガレージの扉はリモコンの電動シャッターで、車の中から操作できるんです。その上、ガレージに入ってしもたら、あとは内部階段を上って、直接邸内の中庭に出られます」

「どうにもしゃあないな。金持ちというやつは楽することばっかり考えよる」

刑事課長はしかめっ面で腕組みをし、

「新神戸駅附近の駐車場はあたってみたんか」

「残念ながら、加川のセドリックを預かったという情報はありません。どこか適当なところに路上駐車してたようです」

島崎は答え、ハンカチで首筋を拭った。

「事件当日、つまり二月一日の加川の動きやけど、今、判明している範囲でええからまとめてくれへんか」

署長がいう。島崎は頷いて黒板の前に立った。


9・40▼タクシーを呼び、家を出る。

10・20▼新神戸駅着。

11・30以降▼自宅へ戻り、雅子を眠らせる。アトリエに閉じ込め、密室工作をする。

4・50▼家を出る。流しのタクシーを拾って大阪国際空港へ。(推定)

5・40?▼空港着。

6・00▼空港発。(全日空三六便)

7・00▼羽田着。

7・10▼自宅へ電話する。

7・15▼「北斗画廊」へ電話する。

以降、行方不明。

島崎はチョークを置き、粉を払ってから黒板を指さした。

「あの七時十分のとこですけど、加川宅への電話は二回かかりました。一回目、トクシマさんですか、というたのは出るはずのない人間……浜野君ですけど……が出たので、加川はダイヤルをミスしたと思った。それでとっさにトクシマの名を口にした、と考えられます。で、二回目の電話をしたわけですけど、やっぱり浜野君が出た。おまけに、ここは警察や、とかいうた。その瞬間、加川は殺人計画が失敗したことを知ったというわけです」

「それで、『北斗画廊』に電話を入れよったんやな」

「多分、そうです。目的は時間稼ぎ。加川は画廊へ顔出しするか、そのままどこかにフケるかずいぶん迷うたはずです。雅子の生死が分からんから」

「もし生きてて、意識がはっきりしてたら、画廊へ行った途端、これやからな」

署長は前に出した両手を揃えてみせる。偉いさんらしくない俗っぽい仕草だ。

「あの四時五十分のとこはどうや。目撃者でもおるんか」

次長が訊くと、

「それは私から説明します」

鑑識係主任が勢いよく手を上げた。喋りたくてむずむずしていたらしい。

「おとといの晩ときのうの昼間、現場で実験をしてみました。ドライアイスをカンヌキと止め金具の間に挟んで、昇華時間と凍結時間のデータをとったんです。ドライアイスの大きさは直径七センチと八センチの二種類。それ以上でも以下でもカンヌキをちょうどええ角度に固定することはできません。平均すると、直径七センチのドライアイスは一時間四十分、八センチの方は二時間で消滅しました。カンヌキの凍結が始まって霜がおりるのが一時間十分後、凍結が溶けるのが一時間四十分から二時間後。女子大生二人が雅子を救出したのが六時四十五分。逆算して、四時五十分前後に、加川昌はドライアイスをセットしてアトリエを出たと考えられます。それと、もうひとつ報告したいんですが、アトリエ内から検出した指紋の照合作業がきのう完了しました。ちょっとお待ち下さい」

鑑識係主任は上着の胸ポケットから眼鏡を取り出し、かけた。手許のファイルをめくって、

「照合可能な指紋の数は二百十五。二十一人分でした。これを、ここ半月の間に、あのアトリエに出入りした人物、……具体的には、加川昌、加川雅子、藤井美和、池内冴子、それに、立彫会加川塾に属する彫刻家二十五人とモデル二人の指紋と比較照合しました」

「結果は」

次長が訊く。

「すべて合致しました。照合不能の指紋はありません」

「加川塾いうのは何や」

「加川昌を中心とする彫刻の勉強会です。毎週二回、あのアトリエに集まって、作品を作るんです。モデルの台のまわりに彫塑台(ちょうそだい)を配置し、裸のモデルを見ながら頭像や全身像を作るそうです」

「わしも行ってみたいな」

すかさず、署長がいった。笑い声を期待したのだろうが、誰もくすりともしない。署長は渋い顔でたばこに火を点(つ)けた。

「よし、分かった。今後の捜査の進め方は」

と次長。熊谷が立った。

「まず、目撃者です。二月一日午前十一時半、白のセドリックを運転して邸内に入ったのは間違いなく加川昌です。だから、十一時半以降、昌が自宅を出たのを見かけたかどうか、附近の住民に訊きます。また、御用聞きや集金人等が加川邸を訪れたかどうかも調べます。それと、伊丹(いたみ)の空港へ加川を運んだタクシーを探します。四時五十分に家を出て、五時四十分頃までに空港へ着くには、車を使う以外に方法はありません。賃送記録をあたったら判明するはずです」

熊谷はこともなげにいうが、神戸にタクシー会社がどれだけあるか知っているのだろうか。島崎がきのう調べたら、兵庫県下に千七百四十六ものタクシー会社があり、そのうち半数以上が阪神(はんしん)間に集中している。それを捜査一係のたった五人で洗うのだ。考えるだけで気が遠くなる。

「それと、加川の立ちまわりが予想されるところへ張りをつける予定です」

「それは」

「京都市伏見区深草。加川の愛人、大沢敏子のマンションです」

「加川は子ぼんのうらしいな」

「昌樹いう二歳の子供がいてます」

「金はどうや。逃走資金は」

つまらないことを次長は訊く。計画では、加川雅子は自殺をするのだ。昌が逃走資金など用意しているはずがない。

「加川邸の書斎を捜索した結果、『神洋(しんよう)相互銀行』ほか五つの銀行に口座のあることが判明しました。少なくともその五つから、最近多額の現金が下ろされた事実はありません」

熊谷は生まじめに答える。

「いずれ金に詰まって、昌は出て来よるな」

「加川と取引きのある画廊や美術商、それと立彫会の幹部連中には、加川から連絡があり次第、一係に通報するよう手配してます」

「それでええ。抜かりはない」

署長が言葉を引き取った。両手を机につき、一座を見まわして、

「本日、二月五日、加川昌を加川雅子殺人未遂の重要参考人として全国に指名手配する」

低くいった。


午前の講義を受けたあと、冴子は日本画制作室を覗いた。美和は来ていなかった。気になったので、美和の下宿へ行ってみることにした。

大学の裏門を抜け、急勾配の細い道を上る。附近はまだ充分に自然の残ったなだらかな丘陵地。竹林と畑の途切れたところに三、四軒かたまって農家がある。そのうちの一軒に美和はいる。八畳一間の離れ、元は隠居部屋だったのを、おじいさんが亡くなったので、下宿として貸しているという。何となく薄気味悪いためもあって、家賃はたったの六千円。そんな部屋に平気でいられるところが美和らしい。

金木犀の生垣、裏の木戸を開けて中に入った。離れの縁側から美和を呼ぶ、返事がない。そこへ、母屋からおばさんが顔を出し、美和はきのうから帰っていないといった。

冴子は彫刻科に戻った。樹脂工作室にクラスメートの五十嵐がいた。アクリルの板をジグソーカッターで切っている。

「五十嵐君、バイク貸してくれない」

「ええけど、どこへ行くんや」

「深草」

「遠いな。大丈夫か」

「免許は持ってるよ」

「そんな心配してへん。おれのバイク、空気が抜けるんや。十キロくらい走ったらタイヤがペチャンコになる」

「ガソリンスタンドに行けばいいんでしょ。いいよ。我慢する」

「ほな、これ」

五十嵐はキーを放って寄こし、

「ウインカー壊れてるし、手で方向指示するんやで」

「仕方ないな」

「それから、スタンドがあらへん。駐める時は塀か電柱にでももたせかけといて」

まったく、彫刻科の乗り物ときたらろくなものがない。

バイクは寒い。とりわけ、手が凍りつくように冷たい。感覚がなくなってアクセルの調節ができない。何度も小休止し、指に息を吹きかける。よろよろ走っている五〇ccのスクーターを大型ダンプが地響きたてて追い越して行く。生きた心地がしない。物集女(もずめ)の交差点手前と、久世橋(くぜばし)を過ぎたところでガソリンスタンドに寄り、タイヤに空気を入れた。深草に着いた時は正直疲労困憊(こんぱい)していた。これからまた沓掛まで帰るのかと思うと眼の前がまっ暗になる。

　彫刻科の赤錆(あかさび)トラックはマンション前の車道、玄関の斜め向かいに駐まっていた。運転席に美和らしい人影は見えない。冴子はバイクのエンジンを止め、五十嵐の指示どおり電柱にもたせかけた。小走りでトラックに近づく。

　ウインドーを覗(のぞ)くと、シートの上に青い寝袋があった。くにゃくにゃと奇妙な形に折れ曲がっている。ドアを開くと、シートの端から人間の頭がごろんと垂れ下った。一瞬、ハッとして腰を引く。

「あいたた……何するの」

　頭が口をきく。

「美和こそ何よ。何してるのよ」

「見てのとおり……」

　美和は内側から寝袋のジッパーを引き、もそもそと起き上った。首をひねり、こめかみのあたりを揉(も)む。

「私、眠ってしもたんやな」

「そのシュラフは」

「寒いやろ思て、下宿に寄って持って来た」

「いつから寝てたの」

「さあ……きのうの夜、八時くらいかな」

「それから今までずっと眠ってたってわけ？　じゃ、見張りなんてほとんどしていないんだ」

「そういうことになるかな」

美和の鷹揚(おうよう)さにはおそれいる。これが本職の刑事なら即クビだ。

「お腹減った」

美和は大きく伸びをし、時計を見た。

「ほい、もうこんな時間かいな。ごはん食べに行こ」

「張込みはどうするのよ」

「冴子、手を出してみ」

「何よ」

おずおずと出した掌(てのひら)をパチンとはたかれた。

「タッチ。交代や」

美和はトラックの外へ飛び出した。その後ろ姿を冴子は呆然と見送るばかり。いうべき言葉がない。

日は暮れようとしている。マンションの窓にぽつり、ぽつりと灯が入る。八階の五号室、大沢敏子の部屋にも明かりが点いた。冴子はトラックの中からマンションを見上げている。結局、午後の制作はオジャンになったというわけだ。狭いキャビンに美和と二人でいるとそう寒くはない。さっき買って来た使い捨てカイロの効用も大きい。

「今、あの部屋に加川昌がいるかもしれないね」

あんまんを食べながら、冴子はいう。

「それはないと思う。のこのこと愛人の部屋にやって来るほど、昌はあほやない」

美和は缶入りの甘酒を飲んでいる。

「大沢さんが出かける時が勝負ね」

「きっとどこかで昌に会うはずや」

「美和、大沢さんの顔知ってるの」

「知ってる。きのう見た」

「きのう？」

「昼、八〇五号室へ行ってみた。新聞の集金です、いうてドアを開けてもろた。あの人、昌樹を抱いて出て来たし、顔を穴のあくほど見た」

「集金はどうなったのよ」

「間違いです、いうて帰った。あの人、首を傾げてたわ」

美和はさもおかしそうに笑う。

「そうしてちゃんと顔を覚えたのに、宵の口から寝ているんだから世話はないね」

いって、ハンドルにあごをのせたところを、美和につつかれた。

「な、あれ見て。あの車」

指さす先、マンションの玄関から二十メートルほど向こうの対向車線上に黒っぽい色のカローラ。ルームライトが点いて、二人の人影が浮かび上っている。

「あの車、いつから駐まってたん」

「知らない。気がつかなかった」

そう答えた時、カローラのルームライトが消えた。しばらくようすを見ていたが、人が降りる気配はない。暗い車内でじっとしているようだ。

「怪しい。斥候兵の出動や」

美和はドアをそっと開け、歩道に降り立った。ゆっくり、所在なげに歩いて行き、五十メートルほど先の横断歩道を向こう側に渡った。そして、こちらへ引き返す。上着のポケットに両手を突っ込み、背中を丸めて歩いて来る。カローラの横を通り、マンションの玄関を過ぎた。そのままずっと歩いて、消えた。

十分ほどして、美和が帰って来た。トラックに乗り込み、

「偵察完了、正体判明……あれ、田村デカ長と浜野刑事の迷コンビでした。浜野刑事、大口あけて、あくびしてた」

「なぜ、あの二人が……」

「警察の考えも私と同じみたいやね。昌を逮捕しようと思て張り込んでるんや。……これはおもしろくなって来ましたよ。あの刑事二人がこれからどう動くか、観察のしがいがある」

美和はシートに深くもたれ込んだ。長期戦の構えだ。このままずるずるとつきあっていたら深夜になってしまう。悪くすると徹夜ということにもなりかねない。帰りたくて仕方ないのだが、それを切り出すタイミングが難しい。

「美和、私……」

もじもじしていると、

「トイレやろ、行っトイレ」

「そうじゃないの。バイクを返さなきゃなんないのよ」

「暗いから危ないで。それに、寒いし……あとで送ったげるわ。バイクはこのトラックの荷台に載せてったらいいねん」

「それはありがたいけど、あとって、いつ」

「さあ、私にも分からん」

無責任な答えを聞いた時、マンションの玄関から女性が一人出て来た。美和はぴくんと背筋を伸ばし、

「あの人が大沢……」

敏子はカシミアらしい薄茶のコートのえりを立て、肩からモスグリーンの長いマフラーを無造作に垂らしていた。髪はアップ。すらりと背が高い。歩道の端に立ってタクシーを拾おうとしている。

「冴子、スタンバイや」

慌ててエンジンをかけた。

敏子はタクシーに乗り込んだ。走り始める。

田村と浜野の乗ったカローラのヘッドライトが点いた。カローラは走って来た軽自動車の前に指示器も出さず強引に割り込んだ。タクシーを尾行するつもりだ。

カローラが行き過ぎるのを待って、冴子はトラックを発進させた。二度切り返してUターンする。歩道の縁石に後ろのタイヤが乗り上げ、派手にバウンドする。美和はダッシュボードに両手を突っ張っている。

「なかなかに慎重な運転ですこと」

減らず口だけは忘れない。

カローラの後ろ、二台目にトラックは尾いた。

タクシーは国道二四号線を北に向かい、鴨川を渡り、鳥羽街道を左に曲がった。十条通を西へ進む。冴子はカローラだけを目標にしてすぐ後ろをぴたり追走する。適当な車間距離をとる余裕などない。夜だから尾行を気づかれはしないだろう。

カローラは近鉄京都線のガードをくぐり、南消防署のあたりで車体を左に寄せた。停まるつもりらしい。冴子はカローラとタクシーを追い越し、二十メートルほど過ぎてトラックを停めた。リアウインドー越しに後ろを見る。タクシーから敏子が降りるところだった。

敏子は真前の小さな建物の中に消えた。〈新田小児科医院〉、小さいそで看板が建物から突き出していた。

「何や、昌樹の薬をもらいに来ただけか」

美和は苦笑していたが、ふと真顔になり、

「ちょい待ち。……ほな、今、昌樹はどないしてるんやろ」

「二歳の子供がひとりでお留守番……」

「冴子、交代や。私が運転する」

美和は冴子の膝の上に乗った。

急発進、急停止、さっきより数段荒っぽい運転で、そのたびに助手席の冴子は飛んだり跳ねたりする。

十分で深草に戻った。マンションに飛び込む。

「えいっ、早くせい」

美和はエレベーターのボタンを何度も押す。

八階に着いた。五号室、美和はインターホンを押した。しばらくして、返事があった。

「はい、大沢ですけど、どなたですか」

女の声。加川昌の声を予想していた冴子と美和は顔を見合わせた。

「美和、人違いしたでしょ。さっきの女性、大沢さんじゃないのよ」

「大沢さんでない人物を刑事が尾行すると思う？」

「それもそうね」

ぼそぼそ喋（しゃべ）っていると、ドアが開いた。

「何かご用ですか」

子供の手を引いているのは、中年のおばさんだった。

「大沢敏子さんは」

「病院へお薬もらいに行くとかでちょっと出やはったんです。もうすぐ帰らはりますわ。何やったら、中で待ってはったらどうです」

「いえ、また来ます。……あの、失礼ですけど」

「私？　私は隣の津村といいます。どうぞよろしく」

おばさんはそういって丁寧にお辞儀をした。

冴子と美和も深く頭を下げ、踵を返した。エレベーターに乗る。

「何のことはない、走りまわって損した。しんどいめをしただけや」

「でも、ちょっとスリルがあったな。美和がインターホンのボタンを押した時、加川昌が出て来たらどうしようかと思った」

「結構、楽しんでるやないの」

「はっきりいうじゃない」

エレベーターを降りた。玄関のところでばったり出会ったのが田村と浜野、冴子はヒッと声をあげ、一瞬逃げ出そうかと思った。それくらい田村の姿は異様だった。髪はざんばら、真黒のサングラス、眼のすぐ下からあごまで隠す大きなマスク、よれよれの綿コート、何とも評しがたい薄気味の悪さだ。

「えらい妙なところで会うたもんやな。あんたら、こんなとこで何してるんや」

浜野が美和と冴子を交互に見る。

「このマンションに友達がいるんです。刑事さんたちは」

美和はしゃあしゃあという。

　子は舌を出してやった。


「わしらは……」

　浜野は言いよどむ。

「そんなことどうでもええわい。早う乗らんかい」

　田村が浜野の背中を押し、エレベーターに乗り込んだ。その後ろ姿に冴子は舌を出してやった。

「あの二人も昌がこのマンションにおると読んで、大急ぎで戻って来たんや。私らと同じ思考パターンやないの」

「隣のおばさん、眼をぱちくりさせるだろうね」

「ぱちくりどころかあのミイラ男を見たら腰抜かしてしまう」

「漆の効き目、絶大ね」

「ほんまや。効き目がありすぎて、素直に笑えんかったわ」

　美和と冴子はトラックのところへ戻った。午後七時、今日はこれで張込みを中止すると美和がいった。病院から帰って、大沢敏子は隣のおばさんから刑事が訪れたことを聞くだろう。聞けば、警戒する。加川に会いに行くようなことはない。それが美和の意見だ。いずれにせよ張込みなんてもうこりごり、二度と深草には来るまい、と冴子は思った。五十嵐のバイクをトラックに積み込んで、二人は美大に向かった。

立彫会副理事長、加川昌を加川雅子殺人未遂事件の重要参考人として指名手配してから二日経(た)った。

事件そのものは未遂ということで、あまり重大なものではないのだが、社会的反響は少なからずあった。加川昌はやはり知名人だったのだ。いや、昌よりも父親の晋の方が有名だったのかもしれない。新聞の見出しは「彫刻家、加川昌」とあるが、彼の経歴を紹介する段になると、決まって「芸術院会員、立彫会前理事長、故加川晋氏の長男」という一文が加わっていた。美術界における加川晋の足跡がいかに大きなものであったかを島崎は改めて知った。また、自殺を擬装した密室殺人ということもセンセーショナルな話題を呼んだ。推理小説まがいの計画的犯罪、愛人をめぐる夫婦間の愛憎のもつれ、被疑者は彫刻界のＶＩＰ、と条件は揃いすぎていた。

指名手配のあと、島崎たちに対する取材攻撃はすさまじかった。刑事部屋を一歩出れば、記者に捕まる。トイレへ行くにもまず廊下のようすを確かめてから、という状態だった。こんなことは県警本部から西宮北署に配属されて以来初めてだった。そのため、情報は次長が一括して流すことになった。それでとりあえず混乱は治まった。

事件当日、加川らしき人物を大阪国際空港へ運んだタクシーは意外に早く判明した。新聞を読んだ個人タクシーの運転手が自分から名乗り出てくれたからだ。運転手の名は山田(やまだ)潤治(じゅんじ)、五十八歳、山田は客の髭面(ひげづら)と、進駐軍のようなサングラス、「芝生に色鉛筆を並べた」チェックのジャケットが印象に残っているといった。

山田がその客を乗せたのは、阪急甲陽園駅から約五百メートル東の新甲陽口、郵便局の真前だった。客は空港へ行ってくれ、といった。そう急いでいるようすはなかった。

御手洗（みたらい）川沿いに国道へ出て、一七一号線を伊丹に向かった。賃送記録によると空港着は午後五時三十五分、国内線搭乗口で客はタクシーを降り、空港ビルに消えた。肩にトレンチコートをかけていた。バッグ類は持っておらず、手ぶらだった。

客の人相、服装、及びタクシーを拾った地点、降りた場所とその時刻、以上を総合検討して、捜査陣は客を加川昌であると断定した。当初の推定どおり、加川は午後六時発の全日空三六便で東京へ飛んだのだった。以来、彼はぷっつりと消息を絶っている。

加川が自宅へ出入りした際の目撃者はまだ得られていない。加川邸附近の住人にはひととおり訊込（ききこ）みをしたのだが、誰も加川を見かけてはいなかった。長い塀に囲まれた閑静な住宅街では、それは当然のことかもしれなかったし、加川は必ずしも表門から外へ出たとは限らなかった。自宅裏の雑木林伝いに、五十メートルほど離れた上の道路に出たとも考えられる。これからも訊込みは続けるが、めぼしい情報は得られそうにない——。

西宮北署は、国道一七一号線の少し北、阪急今津線の門戸厄神駅を東へ五分ほど歩いたところにある。周囲は甲陽園と同じ高級住宅街で、すぐ近くに聖和大学や神戸女学院があるから、しゃれた喫茶店はいくらもある。

午後二時、遅い昼食をとったあと、島崎は行きつけの「葡萄屋」へ入った。ここはストレートコーヒーがうまい。コルクタイルの床、漆喰コテ仕上げの壁、オークのテーブルに籐の椅子、簡素でシックな内装だ。クラシックを静かに流しているのもいい。それに何より、いつも客の少ないのが気に入っている。

モカをブラックでひとすすりし、シートに深くもたれ込んだ。たばこのけむりがたちのぼるのをぼんやりと眼で追う。こうしていると何をするのもいやになる。

「主任、やっぱりここでしたか」

ふいに後ろから声をかけられた。西尾が立っていた。肩で息をしているところをみると、ここまで走って来たらしい。

「まあ、落ち着け。せわしない」

西尾を向かい側に坐らせた。

「ついさっき、『三協銀行』の本店から電話がありました。加川昌の普通預金口座から三十万円が引き出されたそうです」

「それはいつや」

「今朝の十時三十分。場所は梅田の『阪急百貨店』です」

「ビデオカメラは」

「ありません。客用の簡単なキャッシュサービスコーナーですから」

「よし、行ってみよ」

署へ戻り、鑑識係員を一人連れて、車で大阪へ向かった。

阪急百貨店へ入ったのは午後三時すぎ、店内は買物客でごったがえしていた。キャッシュサービスコーナーは一階北入口のすぐ横にあった。現金支払機は二台、前に三、四人の客が並んでいる。それを見て、島崎は指紋の検出を諦めた。加川の指紋が今まで残っていようはずがない。仕事のなくなった鑑識係は無表情に店内のようすを眺めている。

キャッシュコーナーそばの手袋売り場とマフラー売り場の女店員に、加川らしき人物を見たかどうかを訊いた。誰も覚えていなかった。

「どないします、これから。『三協銀行本店』へ行ってみますか」

西尾がいう。

「行ったところで訊くことない。時間の無駄や。それより梅田周辺のホテルとか旅館をあたってみよ。朝の十時半にこのデパートへ来たということは、加川はこの附近に泊まってた可能性がある。金を引き出して、京都へ行ったかもしれん」

「愛人のところへ行きよったら儲け物ですね」

「うん……」

深草で張込みをしている田村と浜野の顔が頭に浮かぶ。田村の怠慢、浜野の無神経を思うと、どこか全面的に信頼できないところがある。加川が現れたのはいいが、ついうっかり取り逃がしたということも考えられなくはない。しかし、ここでどうこう思い煩っても仕方ない。

「とりあえず曾根崎署へ行こ。そこで北区の宿泊施設をリストアップするんや」

「わしはどうしたらよろしい」

鑑識係はいう。

「車乗って帰ってくれ」

「了解」

鑑識係はうれしそうに答えた。

署へ帰り着いた。刑事部屋には誰もいない。ガスストーブに火を入れ、近くの椅子を引き寄せて坐った。西尾が茶を淹れてくれる。うまい。

「明日はもうちょっと対象範囲を広げてみますか」

西尾がいう。湯呑みを両手で包み込むように持っている。

「そうするほかなさそうやな。これが、帳場事件なら、こんなしんどいめせんでもええのに」

島崎は力なく応じる。

——帳場とは捜査本部のことをいう。それが兵庫県警や大阪府警での一般的な呼称だ。不謹慎ではあるが、仮に加川雅子が死んでいたなら、事件は帳場扱いとなり県警捜査一課が担当することになる。帳場は事件発生地を所轄とする警察署に設置され、そこに県警本部から捜査員が派遣されることによって機能する。その場合、帳場は所轄署から必要に応じて捜査員をもらい、彼らを使って捜査を進める。帳場事件は人員の配当に比較的余裕があるので、訊込みや地取りには何人もの捜査員が手分けしてあたる。今日の訊込みのように島崎と西尾のたった二人でホテルや旅館を這いずりまわることはないわけだ——。

島崎はメモ帳を繰る。「新阪急ホテル」、「梅田第一ホテル」、「東急ホテル」、「東洋ホテル」、「三井アーバン」……。阪急梅田を中心とする半径五百メートル内のホテルは全部あたった。明日はプラザやロイヤルまで足を延ばしてみよう。それでだめなら……考えるだけでも気が重くなる。あと二人、いや一人でもいいから捜査員が欲しい。

ドアが開いた。

「島さん、帰ってたんかいな」

熊谷だった。

「係長もえらい遅いですね」

「病院へ行ってた。被害者のようす見とこと思てな」

「で、どうでした」

「被害者の母親が病院に来てた。わざわざ香住から出て来たそうや。被害者が元に戻るまで、病院に寝起きして付き添うというてた」

「昌の件は」

「わしが持ち出すまでもない。新聞読んで一から十まで知ってた。けど、昌に対する恨みつらみは一言もいわんかった。年は五十九、芯の強い人や」

「母親が付き添うてたら、こっちとしても気が楽ですな。それで、雅子の容態は」

「進展なし。リハビリとやらをしとった。患者に、ここは病院で、あんたの名前は加川雅子、家は甲陽園、と一から教えてた。体の方はもう普通の人と変わらへんし、食事もちゃんと摂ってる」

「字は」

「もちろん読める。喋るのも問題ない」

「ほな、家へ連れて帰って再検証を」

「あかん。その種のことは全然覚えてへん。第一、病院から出ても自宅へ帰るすべを知らん。バスやタクシーには乗れるけど肝腎（かんじん）の行先が分からん。料金がなんぼかも知らん。……医学用語では『全健忘』というそうやけど、それが記憶喪失症の典型的症状らしい。要するに幼稚園くらいの子供と一緒や。対人関係とか社会生活を送る上での基本常識が欠如してる」

「治るんですか」

「治る。それは確かや。確かやけど劇的な変化というのはあんまりない。徐々に治って行く」

「難しいもんですな」

呟（つぶや）いて、くたびれた靴の先に視線を落とした時、デスクの上の電話が鳴った。島崎は電話をとった。

「はい、捜査一係」

「加川事件の捜査本部ですか」

聞き覚えのない男の声。外部からだ。

「捜査本部やないけど、担当はしてます」

「新聞で見たんや、あの大沢敏子いう愛人やけど……」

タレコミだ。新聞に、愛人の名前までは発表していない。

「大沢敏子がどないしました」

「河村敦夫いう立彫会の理事知ってるか」

「知らんこともない」

「大沢敏子はな、河村敦夫の妹や」

「あんた、誰や」

そこで電話が切れた。島崎は受話器を置いて考え込む。

「何や」

熊谷が訊く。島崎は電話の内容を説明して、

「事件の次の日、大沢敏子から事情を聴取したんですけど、その時、敏子は河村の名を呼び捨てにしてました。わし、そのことが気になってたんですけど、今の電話でやっと理由が分かったような気がします」

「ほな、電話の内容は」

「ほんまですやろ。河村のやつ、加川の愛人なんぞ知らんいうてたけど……あいつ、わしに嘘つきよったんです」

怒りを抑えて島崎はいった。胃がむかむかする。

2

粉薬を舌にのせ、コップの水で胃に流し込んだ。苦い。朝、家を出る時、恭子がコートのポケットに入れてくれた漢方薬だ。

「胃、ですか」

小西がいう。

「そうや。捜査が思いどおりに進まんと、すぐに調子が悪うなるんや」

そこへオーダーしたコーヒーとココアが来た。今日一日はコーヒーを飲まないつもりだ。

「で、お願いした件、調べてくれたかな」

ココアをかきまぜながら、島崎は訊く。

「ま、何とか。アウトラインだけですけどね」

いって、小西は上着の内ポケットから数枚の紙きれを出し、テーブルの上に広げた。

十五字十行の百五十字詰め、新聞用の原稿用紙だ。濃い鉛筆の走り書きがある。

〈河村敦夫。彫刻家。立彫会理事。京都府立桂工芸高校卒。卒業後、彫刻家加川晋に師事。昭和四十二年より立彫会に作品応募。四十六年、初入選。以降毎年入選。五十

年、久松賞受賞。五十四年、会員推挙。五十六年、理事。五十七年、──〉

「こんなもん読んでもわしには分からん。目のつけどころだけ、教えてくれへんか」

「相変わらずせわしない人や」

小西は苦笑する。彼は某大新聞大阪本社の美術・文芸担当デスク。以前は社会部の第一線記者だった。島崎が県警本部にいた時に知り合って、以来十数年のつきあいになる。

「まず第一はですな……」

小西は原稿用紙を手にとった。

「この工芸高校卒、いうとこですわ。最近の画家や彫刻家は、まず美術大学を卒業して、それから作家として一人立ちするのが一般的なパターンです。河村みたいに高校出てすぐに弟子入りするのは非常に珍しい。河村は加川晋の書生をしてましたんや」

「書生とは、えらい古くさい表現やな」

「二十歳になるまで、あの西宮の邸（やしき）に住んでたんです。そこで、晋の使い走りをしてました」

「高校出たての若いもんが、ようそんなことをしたな」

「河村のおやじさん、ちょっとは名の知れた美術鋳造の職人ですわ。加川晋の作品はみんなおやじさんがブロンズに仕上げてた。ところが、河村が高校へ入ったばかりの春、亡くなった。おやじさんは根っからの職人気質で、蓄えといえるようなもんはいくらもない。言い忘れてたけど、おふくろさんは河村が七つの時に亡くなってたから、生活は逼迫するばかり。河村は高校やめて働こかといい出した。……そこへ現れたんが」

「加川晋というわけやな」

「そう。晋は河村家にかなりの金銭的援助をしたらしい」

「美談やな」

「確かにそうですな。政治家加川晋にもそんな別の一面があったということです」

河村が加川家の書生をしたのは、足長おじさんに対する恩返しであったらしい。

「それで、第二の注目点は」

「河村が続けざまに昇格したこと。五十四年に会員、五十六年に理事、これは極めて異例ですな」

小西は組んでいた脚を元に戻し、椅子に深く坐り直した。

「立彫会の場合、入選一回で会友、久松賞か立彫会新人賞を三回受賞して会員。理事になるには、会員昇格後、少なくとも五年は経たんとあかんのです。それが、たった二年で理事……加川昌のゴリ押し人事やという噂やけど、昌がそこまで河村に肩入れする理由が分からん」

小西は加川の愛人が河村の妹だということを知らないようだ。念のため訊いてみる。

「河村に兄弟は」

「妹がひとりいます。名前は敏子」

「今は何してる」

「知りませんな。何やったら調べましょか」

「いや、結構」

慌てて手を振った。

「それにしても、えらい詳しいな。どうやって調べたんや」

「簡単なことです。古くから加川親子の作品を扱うてる画廊の社長から聞いたんですわ。今度、うちの紙面で河村の特集をする、いうてね。相手が警察でないだけに、たいていのことは教えてくれます」

ある面では警察より新聞社の方が情報収集力に優れている。

「河村は、元々は加川晋の弟子やった。それで、晋の死後、息子の腰ぎんちゃくをしてるんやな」

「今では加川派のナンバーワン。加川塾をとりしきってるのは、実質的には河村ですわ」

「加川塾について詳しいこと教えてくれへんかな」

「ええ……それやったら、まず立彫会の派閥抗争から話をせんとあきませんやろ」

——ワンマン加川晋の死後、立彫会は、実子、加川昌、非嫡出子、菊池圭、大番頭、片岡清明を領袖とする三つの派閥に割れた。それらは勉強会という建前で、それぞれ加川塾、菊池塾、清彫塾と称している。

分裂当初の最大派閥、清彫塾は片岡の健康が優れないため、その後他派の猛烈な切り崩しにあい、現在は実質的活動を停止している。

菊池塾は資金力が弱く、菊池の周囲に有能な人物がいないため、最近は加川塾に押され気味。次期理事長レースは加川昌のリードで進んでいる——。

「菊池と加川を較べてみて、芸術的才能では明らかに菊池の方が上やと誰もが見てます。しかし、菊池には非嫡出子という抜きがたい瑕がある。もっと痛いのは、甲陽園の邸とアトリエを加川が相続したことで、これで菊池派は制作活動の拠点を失くしてしもた。それともうひとつは、河村が加川派についたこと。河村は二十年近くも加川晋の側近を務めただけあって、立彫会の裏も表も知りつくしてます。派閥間のかけひきや多数派工作は最も得意とするところやし、加川派が勢力を伸ばしてるのも当然の結果といえますな」

「抗争の具体的状況は？」

「現時点では、理事二十一名のうち十一名が加川派、六名が菊池派。ほぼ勝負あったというてもよろしい」

「理事長職をとった場合のメリットは」

「そら、立彫会の顔やいうことで、例えば、芸術院賞受賞、芸術院会員、文化功労賞、文化勲章と、階段を真先に上ります。また、作品の値段も出世に応じてどんどんはね上ります」

「分かった。ほな、加川昌がめでたく理事長になったとして、河村にはどんな恩恵がある」

「論功行賞として、まず立彫会賞あたりをもらうでしょう。それから、二、三年して常務理事というところかな。今、常務理事は七人おるんやけど、そのうち菊池派の三人の首がすげかえられるでしょうね」

「両派とも必死になってるのがよう分かるな」

どこかの国の政権争いが頭に浮かぶ。

「それともうひとつ、耳よりな話」

小西は残りのコーヒーを飲みほして、

「加川雅子をめぐる加川昌と菊池圭の確執……知ってますか」

上目遣いで島崎をみる。

「何や、それ」

「島さんほどのベテランでもまだ知らんことあるんですな」

「勿体ぶらんというてくれ」

「加川雅子が昔、晋のモデルをしてたということは」

「それは知ってる。美大生の頃やろ」

「雅子に惚れたんは加川昌だけやない。菊池も同様ですわ。二人で雅子のとりあいをした。何事につけ、二人は良きライバルやったんです」

「それはおもしろいな」

「菊池も加川も後へ引くような性格と違うし、一時はかなり険悪な状態になってたんやけど、結局、晋のとりなしで雅子は昌と結婚した。菊池はそれがこたえたんか、三十半ば過ぎまで独身やった」

「菊池としてはざまあみろという心境やろな、今度の事件」

「まあ、ね。……ところで島さん」

小西は少し改まった表情を作り、

「河村と菊池、この事件にどうかかわっとるんです。この辺でちょっと手のうち見せてくれませんかね」

と、探りを入れて来る。いくら、美術・文芸担当とはいえやはり新聞記者、ちゃんと反対給付を求めてくる。ここで迂闊なことはいえない。

「すまん。今はいえん。あんたとわしの仲や、機会が来たら一番に教えるし、それで堪忍して」

「都合のええ時だけお友達ですか」

さして失望したふうもなく、小西は大きな声で笑う。島崎は伝票を手にして立ち上った。

喫茶店の前で小西と別れ、阪急の梅田駅に向かう。次は京都、河村敦夫に再び面接し、菊池圭にも会う。そのための材料は小西から仕入れた。

桂には一時間で着いた。寒い。大阪より二、三度低い京都の底冷えに震え、コートのえりを立てた。歩きながら、たばこを二本灰にした。

「くそっ、おらへんやないか」

河村の家、ドアをノックしても返事がない。カーポートのクラウンもない。こんなことなら事前にアポイントをとっておくべきだった。しかし、そうすれば河村に余計な疑念を抱かせてしまう。突然訪れてやつの反応を観るのが狙いだった。

島崎は三本目のたばこに火を点け、足早に桂駅へ向かった。

「そういうものの見方は、はっきりいって不愉快ですな」

菊池圭がいう。濃いグレーのゆったりしたカーディガン、赤いウールのシャツ、アスコットタイ、ライトグレーのフランネルのスラックス、アーガイルチェックの靴下、いかにも芸術家といった雰囲気がある。

「雅子が死にかけたのは気の毒というほかないが、あれはあくまで加川家内部の問題であって、加川塾や清彫塾、ましてや菊池塾とは何の関係もない。次元の低い穿鑿はやめにして、さっさと昌を捕まえたらどうなんです」

「だから、そのためにここへお邪魔してるわけで……」

「邪魔も邪魔、大いにうっとうしいね」

左京区松ケ崎の菊池家応接間、菊池圭は腕を組み、唇をへの字にしてソファにふんぞりかえる。傲慢なその態度に反撥を覚えながらも、島崎は平静な口調で、

「お父さんがなくなられるまで、あなたは片岡清明氏や加川昌と一緒に甲陽園のアトリエで制作活動に専念されていたとうかがってます。……ということは、加川や雅子さんについて多くをご存じのはずです。教えてもらえませんか、二人のなれそめとか人となりについて」

「そんなこと、捜査の足しになるとは思えませんな」

濃い眉、鼻すじの通った菊池の端整な顔が苦々しげに歪む。写真で見た加川昌にどこか似ているのはやはり血のつながりというものだろう。

島崎は菊池をじっと見据えて、

「足しになるかならんかは我々が判断することです」

低く強くいった。

菊池はさも緩慢そうに上体を起こして、

「あいつはね、ぼんぼんですわ、ぼんぼん。親父が年とってからできた跡取り息子やし、猫かわいがりで育てられたから、苦労というもんは何も知らん。性格も甘ちゃんで、自分勝手で、人を人と思わんようなとこがある。女にルーズなんも今始まったことやないし、親父の悪いとこだけ受け継いどる。その上、恐いもん知らずやから、カッとなったら何するや分からん。わたしはね、昌が犯人やと聞いて何の疑問も持たんかった。ほんま、昌ならやりかねませんな」

「加川はまだ犯人やと決まったわけやありません。あくまでも重要参考人ということで……」

「それなら、何で姿を見せんのですか。重要参考人イコール犯人ですわ。世間の常識ではね」

菊池はひとり得々とする。

「雅子さんはどんな人でした」

「どんな人、いわれても……ただ普通の女。おとなしいて控えめで……最近は親父の法事の時、二言三言、口をきくだけの存在でしたな」

「以前はよう顔合わせはったんでしょ。お父さんの存命中」

「さあ、あのアトリエにもめったに顔出さんかったからね」

「もっと以前はどうです。雅子さんが学生の頃、モデルとして来てたそうですけど」

「そんな古い昔のことは覚えてませんな」

小さく答えて、菊池はテーブルの上の湯呑み茶碗を手にとった。茶を飲むでもなく、手の中で遊ばせている。

「加川塾の河村敦夫さんは、どんな人物です」

島崎は話題を変えた。

「あんなへなちょこ……」

菊池は吐き捨てるようにいい、

「年がら年中、昌にへばりついておこぼれを狙うてるハゲタカですわ。親父にあれだけ世話になっておきながら、最近は立彫会の仕事もせず、加川派の裏工作にばっかり精出しとる。……しかし、あいつも今度という今度は困りきっとるやろ。昌あってこその河村、昌の後ろ盾がなかったら何もできん小物ですわ」

「河村が加川をかくまっているようなことは？」

「あのこすっからいイタチがそんなことするわけない。下手したら昌と共倒れになりますがな。あいつ、機を見るに敏やから自分の不利益になることは絶対にせん」

「よほど河村が気に食わんようですね」

「ああいう小賢しい輩を見ると鳥肌が立ちますな。作家いうのは鷹揚に構えておくもんです」

いって、菊池が茶を口にしたところへノックの音。弟子らしき若い男が顔を覗かせた。

「先生、お客様です。岡山の『双備画廊』さん」

「入ってもらえ、ここへ」

「しかし、ここは……」

「しかしもかかしもあるか。こちらさんはお帰りや」

菊池は大声でどなりつけた。弟子は首をすくめる。

島崎は立ち上り、

「長い間どうも……失礼します」

コートをはおる。

早々に菊池家を出た。傲岸、不遜、横暴、狭量、そんな印象を菊池圭に持った。それは皮肉なことに、菊池が評した加川昌の性格とほとんど同じだった。

次は深草。上司として、田村と浜野の仕事ぶりを確かめておかねばならない。

「池内、トラック返してくれ」

彫刻科助手の田中(たなか)が金属工作室に現れた。

「夕方、石材を運ばんといかんのや」

「すみません、長い間お借りして」

冴子は仕事の手を休めて答える。

「いったい誰が使(つこ)うとるんや」

「日本画の藤井さん」

「ああ、あの子か、……背が高(たこ)うて、眼のクリッとした」

男は誰もが美和のことをきれいとかかわいいとかいう。聞いていてあまり気分のいいものではない。私はどうなんだといいたい。

「何で日本画の子がトラックなんか要(い)るんや」

「さあ、引越しかなんかでしょ」

まさか張込みに使ってるなんていえない。

「悪いけど、今すぐトラックとって来て」

いって、田中はのそのそと出て行った。

冴子は樹脂工作室を覗く。五十嵐がいた。相変わらず、頭にタオルを巻いてジーコジーコやっている。

「五十嵐君……」

「分かってる。バイクやろ」

五十嵐はジーンズの尻ポケットからキーを抜き、放って寄こした。

途中、ガソリンスタンドに寄ってタイヤに空気を入れること二回、エンスト三回、やっとの思いで深草に着いた。赤錆トラックの中に美和はいなかった。あいつ、またサボっている。

マンション前の、この間と同じ場所に紺色のカローラが駐まっていた。田村と浜野はどんな顔で張込みをしているのだろう。

冴子はマフラーで眼から下を隠し、後ろからカローラに近づいた。リアウインドー越しに見慣れたショートカット、美和だ。車内で取調べを受けているのだろうか、冴子はリアフェンダーをコツンと叩いた。後ろのドアが開いて、

「ああ冴子、久し振り」

美和が顔を出した。手にハンバーガーを持ち、口をもぐもぐさせている。

「こんなところで何してるの」

「寒いからこっちへ来てるねん。冴子も入り」

美和は体をずらした。何が何だかわからないけれど、冴子はシートに坐り、ドアを

閉めた。車内はヒーターが効いて暖かい。

「あれから三日目、もうそろそろ来るころやと思てた。トラック、返さなあかんのやろ」

美和はいつものあっけらかんとした調子でいう。

「夕方までに彫刻科へ戻らなきゃなんないのよ」

「了解。コーヒーでもどう、私の飲み残しやけど」

美和が湯気の立っている紙コップを差し出す。バイクで冷え切った体には温かい飲み物が何よりだ。

「あんたら、ほんまに仲がええんやな」

運転席の浜野が振り向いていう。彼もハンバーガーを食べている。助手席の田村はこっちを見もしない。シートに背中をもたせかけてじっとしている。

「なぜ美和がここにいるんですか」

浜野に訊く。

「この子が寒そうにしてたからや、あのおんぼろトラックの中でがたがた震えてたし、何となくかわいそうでな」

「というのは口実。ほんまは、私が邪魔なんや。いざという時、私がうろちょろするのを懼れてはる」

と、美和。浜野は曖昧に笑う。

「いつからここにいるの」

「二日前。私がトラックの中にいるの見つかってしもた。けど、ここでこうして刑事さんと話してたら結構おもしろい。捜査の苦労話や新聞には載らんようなことをいっぱい教えてくれる。私の方は、絵の話や近ごろの女子大生について、思考や行動を講釈してさしあげる。お互い退屈せんでいい。……ね、浜さん」

「ま、そうやな」

と、浜野は答えてやにさがる。何のことはない、この二人すっかりお友達になりきっている。ものおじということを知らない美和の性格がそうさせたのだろうが、冴子にすればどこかおもしろくない。

「おりゃ、うっとうしいのが来よった」

突然、田村がいった。首を伸ばして、前方を見ている。

「どうしたんです」

美和が訊く。

「君ら車から降りてくれ」

わけがわからずもじもじしていると、

「何をしてる。早う降りんかい」

強い口調に押されて冴子と美和は車からころがり出た。

「しばらく戻って来たらあかんで」

ドアが閉まった。

「失礼やな。ハンバーガーやコーヒー、買うてきてやったのに」

美和はぷりぷりする。

「あれ、美和のおごり?」

「あほな。マスクマンのおごりや」

歩き出して後ろを振り返ると、遠く向こうの交差点に一人の男が立っていた。信号が変わるのを待っている。

「あの人、この間、甲陽園で会った刑事さんじゃないかな……島崎とかいった」

「どれどれ」

立ち止まった美和は片手を額につけて庇にした。眼を細める。

「ほんに、あの主任さんやがな。部下の監督に来たとみえる。くわばら、くわばら、私らは退散しよ」

二人はトラックのところへ戻り、美和は運転席、冴子は助手席に乗り込んだ。

島崎が向こう側の歩道をゆっくり歩いている。マンションの前を過ぎ、カローラに近づくと周囲を一度見まわしてから手を上げた。カローラのドアが開き、島崎は中に入った。

「あんなふうに好き勝手してるようやけど、刑事いうのも辛い仕事やねんで」

「車の中からぼんやり外を眺めてるだけじゃない」

「そうでもあらへん。ちょっと風体のおかしな人物がマンションに入ったら、必ず浜さんがあとを尾けてた」

「見かけによらず仕事熱心ね」

「夜は交代で眠るんやて。私は十時ごろになったら下宿に帰るんやけど、彼らは片時もあそこを離れへん。狭い車の中やし、シートを倒しても足を伸ばして寝られへん。疲れるやろと思うわ。私、警察大嫌いやったけど、彼らをそばで見てて、認識を改めてしもた。何に限らず、仕事というのは大変なもんや。給料をもらうだけの価値はある」

美和に改まってそういわれると、なるほどそうかなという気になる。

「冴子、バイクで来たんやろ。荷台に載せよか」

美和はエンジンをかけた。

「帰るの」

「うん。二度とここには来えへん。こんなあほなこと、今日でやめるつもりやったんや」

「美和も制作展が心配なんだ」

「違う。私、加川昌を捕まえていったい何をしたいんやろと冷静に考えてみた。……つまるところ、あほ、と一言いいたいだけなんや。それだけのために何でこんなしんどいめしてたんか自分でも分かれへん。実際、昌を憎む気持ち、今はほとんどあらへん。姉ちゃんは助かったんやし、昌は殺人未遂で警察に追われてる。立彫会副理事長のポストを棒にふり、彫刻家としての生命も絶たれ、ドブネズミのように逃げまわってる。かわいいさかりの昌樹にも会われへん。……代償はもう充分に払うたような気がするんや。病院にはお母ちゃんが来てくれてるし、私、明日から制作に専念することに決めた。でないと、制作展に間に合わへんやないの」

美和の心の整理がついたことを知って、美和は唇を引き締めた。あれからちょうど一週間、最後をおどけるようにいって、冴子は嬉しかった。

「ね、どこかしゃれたところで甘いものでも食べようか。私がおごる」

「へーえ、珍しいこともあるもんや」

大阪、浪速区。新歌舞伎座裏を西へ歩いて数分、なんばのバスターミナルと国道二六号線に挟まれた東西百メートル、南北二百メートルほどの狭い地域にラブホテルが密集している。そのうちの一軒、「ホテルニューライン」の従業員が加川らしい人物を見たという連絡を、島崎は大阪府警から受けた。

二月九日、朝、降り始めた雨の中を、島崎は西尾を連れてミナミへ向かった。

ネオンのないホテル街はいかにも閑散としている。「ニューライン」は元町よりの外れにあった。ライトグリーンの壁にピンクの装飾円柱を貼り付けた軽薄な建物だった。入口の周囲にしつらえたカイヅカイブキの疎らな生垣がいかにもうらぶれた印象を与える。島崎と西尾は南隅の客用ガレージから「ニューライン」内に入った。

「えらい繁盛してますね」

西尾がいう。ガレージ内には車が六台、ナンバープレートは〈ニューライン〉と書かれた木の札で隠されている。

「何となく腹立つな」

「ほんまです。車を蹴ってやりたいような気になります」

二人は濃い紫色のガラス扉を押した。入口のすぐ右がフロント、カウンターの上に映画館の切符売場のような小さな開口部があるだけの素気ない造りだ。フロントの隣がキーボックス。縦四列、横五列の格子にところどころアクリル棒の付いたキーが差し込んである。キーのないところは現在使用中らしい。

「最近はこんなシステムになっとるんですか」

西尾が嘆息する。

「しらじらしいことというやないか」

「いや、ほんまに知りませんのや。こんなとこ、一人で来るわけにはいきませんやろ」

二人のやりとりが聞こえたのだろう。カウンター横のドアが開いて女が顔を覗かせた。

「西宮北署の島崎です。こっちは西尾。朝、おうかがいしますと連絡さしあげたんですけど」

「待ってましてん。どうぞ」

部屋の中に入った。大きな事務机のまわりに三人の従業員が坐っていた。みんな、紺の上っぱりを着た中年の女性だ。

「あの、加川昌を見はったんは」

「私ですけど……」

中で一番年かさの五十年輩の女が立ち上った。厚い化粧が浮いて、ところどころまだらになっている。

「私、自信ないんですわ。今になってこんなことというの悪いんやけどね」

いいながら奥の方をちらちら見遣る。奥にもう一部屋あり、そこは一段高くなった畳敷きで、真中にこたつがある。えらく肥った四十女が大振りの湯呑みを手にこちらを睨んでいる。このホテルの経営者かもしれない。従業員は彼女に気がねしているようだ。

「西やん」

島崎は後ろに控えている西尾に眼くばせした。心得たもので、西尾はずかずかと奥の方へ行き、

「社長さんですか」

こたつの四十女が頷くのを待って、

「すんません、ホテルの中簡単に案内してほしいんですわ。とりあえずガレージから」

適当にいって女社長を外に連れ出した。

「やっと出て行きよったで、ブーちゃん」

「ほんまや。えらそうにして」

「ホテルの中だけやのうて、大阪中を案内したらええねん」

「いっそのこと帰って来なんだらせいせいするがな」

女たちは口々に喋って、止む気配がない。よほど女社長が煙たかったと見える。

「すんません、我々は訊込みに来たんですけど」

島崎は框に腰をおろし、たばこを咥えた。

年かさの女は自分を山中（やまなか）と名乗り、話し始めた。

「きのうの昼すぎ……そう、三時ごろやったと思います。私、廊下に掃除機かけてたんやけど、三〇二号室から出て来たお客さんの上着がえらい印象に残って……緑色に赤や黄色の線が入った派手な模様でした。私がじっと見てるのに気づいたんやろ、そのお客さん、すぐにコートをはおりましたわ。ほんで、こそこそとエレベーターに乗りましたんや」

「連れの女は」

「いてません。一人です」

「男の顔は」

「サングラスに髭面（ひげづら）。私、事務所に飛んで帰って、もういっぺん新聞を見直したんです。これや、間違いない、いうてこの人らに相談したんです。警察に届けるかどうかを、ね」

山中の言葉に、あとの二人がうん、うんと頷く。

「ほんで、結局は届けたんやけど、あとであのブーちゃんにえらい叱（しか）られて」

「何でですの」

「いえな、このホテル、売り上げの半分以上はデート喫茶やホテトル関係で占めてますねん。それでブーちゃん……」

「警察に連絡したのを怒ったというわけですな。売春のための場所を提供してるから」

「そのとおり」

山中はあっさり肯定し、

「あのブーちゃんな、これですねん」

小指を立てる。

「旦那がパチンコ屋を三、四軒持ってて忙しいさかい、このホテルはブーちゃんに任せてますんや。あの年で、あの顔と体でいったい、――」

どんどん話が逸れて行く。

「ちょっ、ちょっと待って下さい。あなたが見たという男の話、どないなってます」

軌道を修正する。山中はふっと我に返ったように、

「その男ね、先に部屋に入って、ホテトル嬢を待ってたんですわ。十分ほど待ってたんやけど、相手の子が来んさかい、しびれ切らして帰ったんです」

「何でそんなこと分かります」

「向こうから電話があったんです、ホテトルから。男が部屋におるかどうか確かめてからでないと、女の子をホテルに寄越しませんのや」

「ホテルの名は」

「すみれクラブ」

島崎はメモ帳に書く。

「ということはつまり、加川は待ちぼうけを食うて、怒ってホテルを出ていったんですな」

「多分、そうですやろ」

この時点で、島崎は訊込みに意欲を失くした。男はおそらく加川昌ではない。指名手配中の加川が女を求めてラブホテルに出入りするはずがない。派手なジャケットを着たサングラスに髭の男なぞ、その辺にいくらもいる。

島崎はポケットから大判の写真を取り出した。どこかの美術館を背景に、立彫会の幹部連中二十数人を撮った記念写真で、加川家の居間に飾ってあったのを複写して、こうしていつも持ち歩いている。

「この中に山中さんの見た男、いますか」

「さあ、どないですやろ」

山中は写真を手にためつすがめつしていたが、

「この人です」

あご鬚にべっこう縁の眼鏡をかけた男を指で押さえた。案の定、それは加川ではなかった。加川は鼻の下にも髭があり、この写真ではサングラスをかけていない。

「なるほど、分かりました」

島崎は失望の色を隠し、

「コートはどんなの着てました」

念のため訊く。

「綿のフレンチコートやったと思います。色はどないやったやろ……」

「紺色でしょ」

島崎は思いつきをいってみた。

「あ、そうそう、紺ですわ。確かに紺色やった」

山中はひとり得々とする。これで、山中のいうことがまったくあてにならないと分かった。加川のコートはカーキ色だ。

「えらいすんません。参考になりましたわ」

島崎は腰を上げる。

「刑事さん、もう帰らはるんですか」

「ええ、これでも結構忙しいんでね」

早くここを退散してキタへ行かねばならない。梅田を中心とする大阪市内北の宿泊施設をまだ全部あたってはいない。

「ほな、お土産持って行って下さい」

「お土産？」

「三〇二号室にあったお湯呑みですわ。半分ほど飲み残しがあったし、これはあの男が使いよったに違いないと思て大事に取ってましたんや。指紋が付いてるやもしれんでしょ」

山中は事務机の抽出からハトロン紙の大きな封筒を取り出した。真中がもっこりと丸くふくらんでいる。

「これは、これは……ありがとうございます」

一応、感謝してみせた。最近はミステリー流行りで、こんな素人さんにまで指紋云々を配慮していただける。要らぬ荷物を押しつけられて、まことに有難い。

西尾と女社長が戻って来たのをしおに、ホテルを出た。封筒は西尾に預けた。

第四章　キウイフルーツ

1

フロアが一定のリズムで小刻みに揺れる。レーダーの淡い光が天井を青白く染めている。若山誠市（わかやませいいち）はステアリングホイールから手を離し、ポケットを探ってたばこを取り出した。火を点（つ）ける。一瞬、周囲の窓に自分の顔が赤く浮かび上った。

「チョッサー、明日（あした）は」

セーラーの久保（くぼ）がいう。

「休みよ。免許証の更新に行く」

「何回めですか」

「そうよね……八回めぐらいかね」

夜のワッチ（当直）は退屈だ。ブリッジ内はまっ暗だから本や新聞は読めないし、そうかといってラジオなど聴いてはいけない。いつ緊急無線の呼び出しがあるかもしれない。今日は凪、充分な月明かりもある。三百六十五日同じ航路を往き来するのだから、操船に注意を要する海域は海図を見なくてもしっかりと頭に入っている。こんなふうに意味のない会話を交わして時を過ごす。

午前二時四十分、若山はセカンドオフィサーとワッチを交代してブリッジを出た。凍るような風、波頭が白い。これから船内巡視をし、そのあと風呂に入って三時間ほど仮眠をとれば、愛媛県今治着だ。

タラップを降り、展望デッキに立った若山は船端の救命筏の陰に見慣れない黒い塊があるのに気づいた。悪い予感。そばへ寄る。予想どおり靴だった。褐色のスエード、デザートブーツとかいうやつだ。一足が海の方に向けてきちんと揃えられ、そのまわりのデッキ上に嘔吐物が点々と散っている。

「こりゃあ、いかん」

若山は顔をしかめた。

神戸、今治間を結ぶカーフェリー、ホワイト丸では、平均して年に一件、乗客の転落事故がある。転落とはいうものの実際は全てが自殺である。高さ百三十センチの手すり越しに誤って海中へ落ちることなどあり得ないし、その場合、必ずといっていいほど履物がデッキ上に残されている。なぜ靴を履いたまま飛び込まないのか不思議でならない。

若山は足どり重くキャプテン室に向かった。船長の苦りきった表情が頭に浮かぶ。

海中転落に気づいた場合、船はどんな事情があろうと客が転落したと思われる地点まで引き返し、附近の海上を少なくとも一時間は捜索せねばならない。それが船員法の定めだ。一度など東神戸のフェリーターミナル手前から明石海峡まで引き返したことがあった。時間は遅れるし、燃料は無駄になる。転落者が生きている可能性もない。この厳冬期に海に入れば、いくら泳ぎの達者な者でもせいぜい三十分で体が凍え、溺死してしまう。それに、遺体を発見することもできない。人が溺死すると、死体はいったん海中に沈み、五日から一週間後に浮かび上るという。小まわりのきく巡視艇にさえ発見が困難なものを八千トンの大型船に捜しあてられるはずがない。だからホワイト丸が現場に戻るのは単なる形式ということになる。

若山は一件を船長に報告した。靴があったというだけで、まだ自殺だと決めつけられない。乗船名簿と乗客数を照合させてみよう、と船長はいった。とりあえず船を減速させた後、船客係はもちろん仮眠中の甲板手や機関員まで叩き起こし、全員で各船室を調べた。乗客は全員が毛布にくるまって眠っていたので、照合作業は二十分で終った。乗船名簿による乗客数は三百二十二名、実際の乗客数は三百二十一名。一人足りない。ここで船長は第六管区海上保安本部に海中転落があった由を連絡し、香川県乃生岬の沖合いで針路を百八十度転換した。

船長は船内放送を入れ、乗客全員に事態を説明して協力を要請した。自分の連れ、またはそのまわりでいなくなった者はないか、心当りがあればロビーに設置した捜索本部まで申し出てほしい、と伝えた。またそれと同時に、乗客の名前を聞き取る作業も開始した。

放送のあと、後部二等船室の親子連れが本部に来て、隣にいたはずの男が見当らないといった。若山がそこへ行ってみると、男のいたスペースには小さく畳まれた毛布と灰皿が置かれていた。洗面器のような大きなアルマイトの灰皿の中にはたばこの吸殻が三本。周囲の客はたばこを吸わないと答えた。

午前三時三十分、名前の聞き取りが終った。乗船名簿の「徳島昌治郎、四十歳」に該当する人物は船内にいなかった。

高松市の沖、男木島を過ぎたあたりでホワイト丸は微速航行に移り、本格的な捜索を開始した。サーチライトで海上を照らし、機関部員を除く全員がデッキに立つ。黒く粘りつくような海、白い波頭が浮かび上る。

——一時間、転落者は発見できなかった。保安庁から巡視艇が来たのを機にホワイト丸は捜索を中止した。

午前十一時三十分、予定より五時間遅れて神愛フェリー、ホワイト丸は今治港フェリー栈橋に着岸した。栈橋には今治海上保安部救難課の保安部員三名と今治警察署水上出張所の捜査員四名がいた。保安部員は船長立会いのもと、遺留品捜査と事情聴取を開始した。出張所の捜査員は二手に分かれ、タラップを降りた一般客とショアランプ（可動橋）を渡った車の客から、名前、目的地、連絡先などを聞き取った。

徳島の隣にいた親子連れは最後まで船内に残され、保安部員から事情を聞かれていた。若山も第一発見者ということで、靴を見た時のようす、その後の行動などを話した。

午後一時を三十分過ぎて、若山たち乗組員はやっと解放された。展望デッキではまだ現場検証が行われているようだったが、若山には何の興味もなかった。眠くて仕方がない。免許証の更新は次の休日にしようと考えていた。

新聞を読みながらたばこを一本灰にした時、鑑識係主任が刑事部屋に飛び込んで来た。えらく慌てたようすだ。

「朝っぱらからどないした」

島崎は訊く。

「出たんや……指紋」

「ほな、あれは……」

「そうや、本物やがな。加川の指紋が出た」

きのうの夕方、署へ帰り着いて、島崎は「ホテルニューライン」でもらった茶碗を主任に渡した。何の期待もしていなかったから、封筒のまま中も改めずに預けたのだが……。

「右手の親指と人さし指。加川昌の指紋とぴったり一致する」

バスルーム、トイレ、寝室、加川邸での現場検証の際、加川昌の指紋はいくつも採取して鑑識が保管している。

「血液型はどうや。唾液はついていたか」

「それは今、検査中や、とりあえず指紋のことだけ知らせとこと思て、ほな」

いって、主任はそそくさと出て行った。

「くそっ、加川のやつ、のうのうと女を買うたりしとるんか。どういう神経や」

島崎は机を叩く。

「『ニューライン』へ行ったんが二月八日午後三時。阪急で金を引き出したんが二月七日午前十時半。加川は大阪に隠れてる公算大ですね」

西尾がいう。

「深草に張りつけている二人のうち一人を呼び戻そ。三人で大阪中のホテルをあたるんや。今度はミナミを中心にしてな」

きのう、「ニューライン」を出たあと、島崎と西尾は、大淀区、福島区、都島区の主なホテル、旅館を訊込みして歩いた。最近、加川らしい人物が泊まった形跡はなかった。

「それから、ラブホテルも捜査の対象に入れてみよ。加川のやつ、商売女をひきずり込んで一緒に泊まってる可能性もある」

「所轄にも協力を要請して下さい」

「ああ……それは係長に手配してもらう」

残念ながら兵庫県警と大阪府警は仲が悪い。帳場事件でもないのに大阪の所轄署が積極的に協力してくれるとは思えない。聞きおくだけで実際には動かないだろう。

「係長はどこや、トイレか」

熊谷には毎朝十分間、トイレへ出勤する習慣がある。

「今日は違います。主任が来はる前、刑事課長に呼ばれて出て行きました」

「課長がいったい何の用や。また送別会の打合せか」

「まさか」

噂をすれば影、そこへ熊谷が現れた。手に持ったメモ用紙をひらひらさせながら、

「ホットニュースや、ホットニュース。今朝の未明、海に飛び込んだ男がおる」

「この寒いのに酔狂な。寒中水泳ですか」

「あほな、それが何でニュースになる。……身投げや。神愛フェリーのホワイト丸から瀬戸内海へ投身自殺した」

「それがどないかしましたか」

誰が自殺しようと知ったことじゃない。

「それより係長、『ホテルニューライン』から持って帰った茶碗にね」

いいかけたのを、熊谷は手で遮り、

「話は最後まで聞け。その身投げした男はな、サングラスに髭面や。名前は徳島昌治郎。どうや、気に入ったやろ」

こいつは確かに大ニュースだ。茶碗どころではない。

「海上保安庁の係官が加川の指名手配を覚えてて、ついさっきこっちへ連絡してくれたんや」

「サングラスに髭面もそうですけど、そのトクシマショウジローいうのが特に気に入りました。飛行機に乗ったトクシマショウイチの弟みたいですな。……で、死体は」

「まだ揚がってへん。現在海上を捜索中や」

「目撃者はどういうてます」

「おらへん。遺留品があるだけや。靴とたばこの吸殻、それと嘔吐物……加川が飛び込んだと思われる場所に吐き散らされてるらしい」

「他には」

「今のとこはそれだけや。まだ現場検証中らしい」

「それ、加川昌に間違いないんでしょうね」

「多分、間違いはないやろ。けど、万が一いうこともある。今すぐ愛媛県の今治へ飛んでくれ。早う行かんと船が出てしまう。今晩十一時の出航予定や」

いって、熊谷はメモ用紙を放って寄越した。それには、フェリー会社の住所と電話番号、今治海上保安部の場所、担当官の名前などが書いてあった。

どう行けば今治に早く着けるか、島崎は頭の中に地図を広げた。

島崎は新幹線で行くことにした。飛行機で松山まで飛び、そこから予讃本線で今治へ向かう案も考えたが、飛行機の待ち時間や、今治、松山間の列車ダイヤなどを検討したら、新幹線の方が早いという結論になった。

新神戸駅までタクシーを飛ばし、発車寸前のこだま五二九号に乗り込んだ。十二時〇分、広島県三原着。島崎は駅を出た。商店街を港に向かって早足に歩く。三原はちくわやかまぼこが名物なのか、それら練製品を店頭に並べた土産物店が多い。これが観光旅行なら店をひやかしながら歩くところだが、今はそんなことしていられない。一刻も早く今治へ行き、加川の消息を確かめたい。

港に着いた。〈三原今治新幹線ライン〉の表示板を確認し、待合所に入った。

切符を買って待つこと二十分、島崎は船に乗った。定員百二十人、二層キャビンの大型クルーザーだった。

景色が上下に揺れる。新幹線とはまた違った大きくゆったりとした揺れだ。酔いそうな気がして、島崎は遠くをじっと見つめる。

港を出たところで、エンジン音が変わった。それまでの重くこもった音が高い金属音になり、窓の水しぶきが横に走り始めた。高速艇は波頭を削るように進んでいく。

予定どおりちょうど一時間で今治港に到着した。窓ガラスを通して、高速艇岸壁の百メートルほど向こう、フェリー埠頭に繋留された白い客船が見える。ホワイト丸だ。

島崎は高速艇を降り、岸壁伝いにフェリー埠頭へ歩いた。

見たところ、長さ百メートル、排水量一万トン弱、ホワイト丸は大きな船だった。横腹の数カ所から蒸気が噴き出している。島崎はタラップを駆け上った。

船内ロビー、片隅のソファに男がいた。島崎は声をかけた。

「――そうですか、三原から高速艇で。……神戸からじゃそれが一番早いでしょうな。あ、申し遅れました。私、今治署の井上です。一件は保安部から今治署に引き継いどります」

年は島崎と同じくらいか、薄い髪をオールバックにした実直そうな刑事だ。

「先に現場を見てもらいますかな」

井上は先に立って島崎を現場に案内した。

「ここです。靴があったのは」

井上はサンドルーフィングを施した水色の甲板上を指さした。ブリッジ後方の展望デッキ、救命ボートのそば、手すりのすぐ内側にチョークで楕円が描かれている。靴は見当らない。鑑識検査をしているのだろう。熊谷のいったとおり、楕円形のまわりには嘔吐物が点々と散って、半ば干からびている。島崎は顔を近づけた。

「ハム、パン、レタス、トマト、それと……」

「キュウリ。……徳島は船内レストランでハムサンドとサラダを食べ、コーヒーを飲みました。消化具合からみて、食後一時間から二時間……鑑識がそういうとったです」

「なるほど。……しかし、何でこんなふうに食うたもんを吐き散らしたんやろ。要らんことせんと、さっさと飛び込んだらええものをね」

「そう、そう、それなんです。わしも不思議に思うとったですが、鑑識がね、ゲロに血が混じっとるようじゃというんです」

「血が……？」

「今、調べとりますけん、おっつけ分かるでしょう」

「死体はまだ、ですね」

「一週間ぐらいは無理じゃないですかね。死体は海中をゆらゆらしとるけん、よっぽど運がようないと見つからんのです。徳島は午前一時半ごろまでは船室におったと、その部屋の客がいいよりましたけん、それ以降……一等航海士が当直を交代した午前二時四十分までの約一時間、そのころ船は播磨灘から高松沖を航行していたわけです。それで保安部はその附近の海域を集中的に捜索しとるようですけんど……」

「なるほど」

島崎はたばこを咥え、マッチを擦る。強い風が吹きつけて、火が点かない。

「中へ入りますか」

井上が小さくいった。

二人は船内のロビーに戻った。

「徳島昌治郎はどこにいたんですか」

島崎は訊く。加川昌と呼ぶにはまだ早い。

「二等船室。こっちです」

井上は階段を降りた。

後部二等船室の定員は八十人。狭い通路の両側に一段高くなったカーペット敷きの十畳くらいのスペースが五つずつあり、各々が木製ロッカーで仕切られていた。徳島がいたのは右舷の三つ目、奥の窓際にビニール枕が十数個ある以外は何もない。

「遺留品は」

「たばこの吸殻がありました。キャビンが三本。灰皿と一緒に署に持ち帰って検査しとります」

「徳島の服装はどうでした」

「黒っぽい半コート。例の緑色のジャケットはその下に着ていたのかもしれませんな。ズボンとシャツについては残念ながら……」

「隣にいた親子連れというのは」

「待って下さいよ」

井上は上着の内ポケットからメモ帳を出した。

「桑田悦子、二十八歳。佳奈、三歳。今治市の日吉町に住んどります」

「あとで、行き方を教えて下さい」

加川の写真をみせてみるつもりだ。

「他の客は徳島を覚えてないんですか」

「この季節は客が少のうてね。徳島も船内レストランに行っただけで、あとは毛布をひっかぶって寝ていたようじゃけん、誰も覚えてないといいよりました」

「レストランの従業員は」

「十二時ちょっと前、閉店間際に現れたのを覚えとりました。ハムサンドとサラダを食べたのは確かです」

「分かりました。どうも」

島崎は質問を打ち切った。

「島崎さん、食事は」

井上に訊かれて、朝から何も口にしていないことに気づいた。

「良かったら一緒にどうです。田舎の飯屋で口に合わんかもしれんけんど」

井上はメモ帳を収めて、いった。

船を降り、フェリー乗り場前のバスターミナルを突っ切って、大通り沿いの小さな食堂に入った。

「おいさん、今日は何がうまいんかいね」

「そこにあるぎりよ」

厨房（ちゅうぼう）からしわがれ声の返事があった。

井上は店の常連らしく、水屋のガラス戸を開け、中から惣菜（そうざい）の皿と小鉢をいくつか取り出してテーブルの上に置いた。そして、奥の冷蔵庫からビールを出し、グラスを持って来た。

「いえ、私は……」

「ま、そういわずに、どうぞ」

井上はグラスを島崎に手渡し、ビールを注いだ。

「こっちではバイというんじゃけんど、これがね、いけるんですよ」

井上は小鉢に盛った小さな巻貝を手にとり、つまようじで中の身をせせり出した。

島崎も同じようにして貝を食べた。ほんのり甘い海の味がする。

「あの事件ね、こっちでも話題になっとったですよ」

チヌのアラ煮きをつつきながら、井上はいう。

「自殺擬装、密室、彫刻家、……舞台も登場人物も推理小説仕立てですな」

「あのカンヌキの仕掛けを見破るのに頭を悩ましました」

暗に解明したのは自分だと示唆した。井上に反応はなく、

「大阪や神戸というのは、やはり都会ですな、おもしろい事件がある。ここいらにゃ、窃盗と傷害ぐらいしかないですよ」

「その方がよろしいやないですか。我々が忙しいというのは決して望ましい社会状況やありません」

「それもそうですな」

井上はあっさり肯定し、

「おいさん、味噌汁くれんかね」

奥に向かって呼びかけた。

「お待たせしました。これです」

井上の部下が靴を持って来た。今治署の刑事部屋、島崎は靴を手に、窓のそばへ歩み寄った。明るいところでじっくり調べる。褐色のスエード、ゴムのクレープソール、内側に毛足の短いムートンを貼ったデザートブーツだ。島崎も一足持っているが、それとは革のなめらかさと仕上げの丁寧さに格段の差がある。一目で高級な靴だと分かる。

「これ、どこの製品ですか」

「多分、イタリアかフランス製です。『飛鳥堂』のおやじがそういってました」

部下が答えた。「飛鳥堂」というのは靴屋だろう。

「その靴、縫い方が変わっていて、デザートブーツには珍しいマッケイ製法とかいうそうです。それから革はバックスキンです」

最後に妙なことをいった。

「そんなこと聞かいでも分かる。裏革じゃろうが」

井上が訊いた。彼も島崎と同じ疑問を持ったようだ。

「バックスキンというのは鹿のなめし革です。バックというのは雄鹿のことです」

部下は得意気に解説する。「飛鳥堂」のおやじからの受け売りに違いないが、島崎もひとつ賢くなった。今までスエードとバックスキンは同じものだと思っていた。

「それで、おやじはどういうたんじゃ」

井上は不機嫌そうにいう。

「国内でこの手の靴を製造しているメーカーはないし、輸入もしていないようだから、これは現地で買ったものだろうということです」

加川昌ならヨーロッパに何度も行っている。できれば靴を借りて帰って、立彫会の幹部連中に見せてみたい。しかし、大事な証拠物件を簡単に貸してくれるとも思えない。そのことを言い出そうか、言い出すまいかためらっている時、電話が鳴った。井上が受話器をとる。話しながら、傍(かたわ)らの椅子を引き寄せて坐(すわ)った。島崎は書類棚の前のソファに腰を下ろす。

一分ほど話して、井上は電話を切った。島崎の方を向いて、

「鑑識からです。指紋の照合が終りました。徳島昌治郎は加川昌です」

「やっぱり……」

島崎は西宮から加川の指紋を持って来ていた。それをさっき井上に渡したのだった。

「ホワイト丸から持ち帰った灰皿、投身現場の手すり、両方から採取した指紋が加川のと一致しました。それと、たばこの吸殻に付着していた唾液(だえき)と嘔吐(おうと)物から、血液型

も判明しました。O型です」

「ありがとうございます」

自然に頭が下がる。四国まで来たかいがあった。

「それに、もうひとつ」

井上は組んでいた脚を元に戻し、背筋をぴんと伸ばして、

「嘔吐物から青酸塩が検出されました」

「え……」

「全体量は分かりませんが、かなり高濃度の青酸塩です。多分、青酸カリでしょうや」

「すると、加川は……」

「わざわざ海に飛び込まいでも死んどったでしょう」

——夜の海、展望デッキ、加川がふらふらと歩いて来る。もう青酸カリを服んでいる、手すりにもたれて呆けた顔、眼はあいているが何も見ていない。悔恨、焦燥、恐怖、煩悶、さまざまの想いが交錯する。

加川は靴を脱ぎ、揃えた。

吐き気。附近に嘔吐物を吐き散らした。頭痛、脂汗、呼吸困難、手が痙攣し始める。最後の力を振り絞って手すりを乗り越えた——加川の死に際が目に浮かぶ。

加川雅子殺人未遂事件はあっけない結末となった。

2

「やったね、もう一度乾杯」

「何はともあれ、めでたし、めでたし」

冴子と美和はグラスを合わせる。

今日は進級制作展の初日、岡崎の市立美術館へ作品を搬入したあと、恒例の「買い上げ賞」発表があり、意外にも美和の作品がその選に入ったのである。美和の絵はどこかデッサンの狂った――本人は意図的なデフォルメだとうそぶいている――動物画で、カワウソとアライグマが水辺で睨みあっているというもの。およそ日本画らしくない主題と構図が新鮮さをアピールしたのかもしれない。ま、いずれにせよ、受賞は冴子にとっても嬉しいことで、賞金の十万円をあてにこうして二人だけの祝宴を開いている。

「スッポン、食べたかったな」

「あかん、あかん、口がはれる」

最初、浮かれ気分で、まだ口にしたことのないスッポンなど食してみようと自称グルメの美和が提案し、某有名専門店に電話を入れたら二人で三万円だといわれ、即、グルメの名を返上した。で、予定変更、寺町の寿司屋に入った。にぎりをつまみながら、熱燗を五、六本空けている。

「な、私いうたやろ……あれ、見つからへんて」

「何がよ」

「死体」

「あん……」

「加川昌の死体やないの。あれはやっぱり擬装自殺なんや」

美和の話題は次々と飛ぶ。脈絡というものがない。

「そういえば、フェリー事件からもう六日ね。なぜ発見されないんだろ」

「分かりきったこと、昌は生きてるんや」

「だって……」

「冴子のいいたいこと分かる。致死量の青酸やろ。指紋が一致したということやから、青酸カリを服んだのは昌に間違いないと思うけど、そもそも昌は何でそんなややこしいことしたんやろ。毒なんか服まずにさっさと海に飛び込んだらいいんや」

「海に入っただけじゃ死ねないと思ったのよ」

「昌はカナヅチや。私よう知ってる。カナヅチの人間は本能的に水を怖がる。そやから、昌は毒を服んだんやろけど、それなら身投げする必要ない。展望デッキでのたれ死ぬのが自然や。それに、甲板の上に靴が揃えてあったというのも気に入らへん」

口早に美和は疑問を並べたてる。論旨について行けない。

「考えてもみて。毒がまわって悶え苦しんでいる人間が、いちいち靴を脱いで揃えたりするやろか」

「青酸カリを服む前に脱いだんじゃない？」

「それもおかしい。それやったら、毒がまわるまでの五分か十分、昌は裸足でデッキに立ってたことになる」

「それもそうだね」

冴子はあごに手をあて、考え込むふりをする。

「警察はどう考えているのかしら」

「明日あたり、連絡してみよか」

「田村さんの漆かぶれ、治ったかな」

「そういえば、今年の漆工科の作品、全体的にこぢんまりまとまって迫力なかったと思わへん？　その点、陶芸科の作品は、——」

また話題が逸れた。相槌をうちながら、冴子は時計を見る。午後十一時、そろそろ終電車がなくなる。

やっとの思いで美和を下宿にかつぎ込んだ。冴子がふとんを敷いている間も、美和は上り框(かまち)に腰かけ、壁に背中をもたせて眠っている。美和とお酒を飲むといつも最後はこういう状況になる。それでいて、一夜明ければ、「冴子、いつまで寝てるの。お天道様に申しわけないと思わへんの」と、ふとんを引きはがされる。お酒に関する限り、冴子は一方的に不利な立場にいる。

「冴子、気分悪い」

ふいに美和がいった。顔色が悪い。冴子は押入れから洗面器を出し、美和の膝(ひざ)の上に置いた。背中をさする。美和が吐いた。冴子は横を向く。見れば自分まで吐きそうになる。

「かまへん。自分で始末する」

ひとしきり吐いたあと、美和は洗面器を持って部屋を出て行った。廊下の突き当りでうがいの音がする。

部屋に戻った時、美和の顔には元の赤味がさしていた。

「分かった。冴子、分かった」

「もういいから、早く寝なさい」

冴子は美和の足許(あしもと)にパジャマを放った。

「聞いて。トリックを見破ったんや」

美和は服を脱ぎながらいう。

「トリック？」

「そう。あの青酸のトリック。洗面器や。ちょっとした心理の隙をついたんや」

「何がいいたいのよ」

「ちょい待ち。重大発表は厳かに行わねばなりません」

美和は手早くパジャマを着てふとんの上にあぐらをかいた。ついさっきまでの今にも死にそうなようすはどこにもない。

「嘔吐物の中に青酸と血が混じってたら、誰でも毒を服んだに違いないと考える。昌はそこに目をつけたんや。それで、洗面器を用意し、その中にゲーッとやった」

「そうか！」

冴子は膝を叩いた。

「青酸はあとから混ぜたってわけね」

「ご明察。青酸カリをいったんコップの水に溶き、それを自分の血と一緒に嘔吐物の中に入れてよくかきまぜる。極めて単純なトリックやけど、それだけにかえって見破りにくい。靴、嘔吐物、指紋、徳島昌治郎という名前。ひとつ、ひとつの仕掛けがさりげないだけに見破るのが難しい」

「変に勿体ぶった遺書なんか残さない方がいいんだ」

「冴子、明日、私につきあいなさい。作品の搬入も終ったし、することないでしょ」

また良からぬことを考えているらしい。

「明日は忙しいのよ。春休みのバイトを探さなきゃ」

「そんなことがいつでもできる。貴重なる青春の一日はもっと有意義なことに費やすべきや」

「まさか、また探偵ごっこを始めようってんじゃないだろうね」

「その、まさかや。藤井美和嬢の華麗な推理を是が非でも伝えとかんと。……さ、分かったら明日に備えて早う寝よ」

美和は横になり、ふとんをかぶった。

「もう、勝手なんだから」

冴子は枕を投げつけた。

『葡萄屋』、『葡萄屋』……あれや」

門戸厄神の一筋東、瀟洒なマンションの一階にその喫茶店はあった。冴子たちが中に入ると、田村は窓際の席でうつらうつらしていた。朝、美和が西宮北署へ電話を入れたら、運悪く田村しかいなくて、それで結局、彼を呼び出す形になってしまったのだ。

「お久し振りです」

美和と冴子はぴょこんと頭を下げた。

「ま、坐り。……ほんで何や。わしに用があるというのは」

田村は不愛想にいう。サングラスの代わりに黒縁の眼鏡、もうマスクはしていない。唇の横に漆かぶれの小さなかさぶたが残っている。

「被害者の妹として、その後の進展をお訊きしたいんです」

美和はまじめくさった顔で切り出した。

「新聞に載っていたとおりや。他にとりたてていうほどのことはない」

「死体、まだですね」

「それやがな、問題は。揚がったら見分してもらおと思て待っとるのに、一向にその気配がない。死体はガスがたまって膨れあがっとるから、海の上をぷかぷか漂うとる。今、あの海域にはサワラ流し網やイカナゴ漁で漁船がようけ出とるし、死体が見つからんというのはどう考えてもおかしい」

「擬装自殺説、ないんですか」

田村はすぐには答えず、

「何でそんなこと訊くんや」

と、美和の表情をうかがう。

「私、加川昌は生きてると思うんです」

「ほう、素人さんがえらいおもしろいことというやないか。その根拠は」

「アトリエのトリックもそうであったように、昌はいわば擬装自殺の常習犯です。あの青酸の件で、私にちょっとした意見があります」

美和は本題の説明に入った——。

「何を言い出すかと思たら、そんなことかいな」

聞き終えて、田村はさもつまらなそうにいった。冴子たちにとっては予想外の反応だった。

「警察の能力というのはあんたらが考えてるほど低うない。その洗面器の仕掛け、とっくに見破ってた」

「けど、新聞には……」

「新聞に載ってるのはほんの上っ面や。事実の大部分は活字の裏に隠れとる。もっとも、擬装自殺説については意識的に伏せとるんやけど」

「なぜ公表しないんですか」

冴子が訊く。

「考えてもみい。そんなことを公表するメリットがどこにある。加川は死んだことにしといた方が今後の捜査を進めやすいやないか。あいつも油断するやろしな」

「じゃ、加川昌はやはり……」

「そうや。あいつは十中八九、生きとる。加川昌であることをやめてな。髭を剃り落とし、サングラスを外し、まったくの別人としてどこぞで生活しとる。二度と世間の表面に出ることはないかもしれん」

「加川は永久に捕まらないとでも？」

「いや、可能性はある。金や。今まで贅沢三昧で生きて来た加川が、一日いくら、ひと月いくらの地道な労働を続けられるとは思えん。キャッシュカードなんぞ何枚持ってたところで使われへんし、いずれ金に困ってひょっこり現れるということも充分に考えられる」

「愛人に連絡をとってお金を都合してもらえばいいじゃないですか」

「それはないやろ。わしが加川の立場やったら、敏子には絶対に連絡をとらん。せっかくしんどいめして死んだのに、そう易々と生き返るわけにはいかん。女、子供の口に戸は立てられへんのや。……とはいうものの、読み違いもあるから、深草には浜やんが行っとる。かわいそうに一人で張込みや」

　田村は席を立ち、

「あんたらの意見、なかなかのもんや。ケーキでも食べて行き。……あ、それからな、このことは誰にも内緒やで、ええな」

厳しい顔で冴子と美和を見た。店を出る時レジで、

「あの二人にケーキセット。島崎さんのツケにしといて」

というのが聞こえた。ちゃっかりしている。

「期待外れだったね。名探偵のご感想は」

冴子は向き直り、美和に話しかけた。

「…………」

美和は返事をしない。口を半開きにし、ぼんやり外を眺めている。

「どうしたの気分でも悪いの」

美和はゆっくり振り向いて、

「な、冴子、昌は本気で逃げようとしてるのやろか」

妙なことをいう。

「私、田村さんの話聞いて、新たな疑問を持ってしもた。それがどんどん広がって、頭の中ごちゃごちゃになってしもた。そもそも、昌は何で死んだふりをせんといかんかったんやろ、いったい何が目的でそんなややこしいことをしたんやろ」

「分かりきってるじゃない。逃げるためでしょ」

「ほな、どうしてミナミのラブホテルへ行ったんかな。あんな派手なジャケット着て。

わざわざ、通報して下さいというてるようなもんやないの。逃走中の犯人いうのは、できるだけ目立たんようにするのが普通や。さっき田村さんいうた、……わしが加川の立場やったら、と。それで、私も昌の立場で考えてみた。……服装や、昌の服装がどうも腑に落ちへん。彼の行動を一から再検討する必要がある」

そこへケーキとコーヒー、美和はウエイトレスにメモ用紙をくれるよう頼んだ。

A——二月一日　9・40　邸を出る。タクシーで新神戸駅へ。
B——邸へ戻る。
C——16・50　邸を出る。新甲陽口まで歩き、タクシーを拾う。大阪国際空港へ。
D——18・00　空港発。
E——二月七日　10・30「阪急百貨店」、キャッシュサービスコーナーで三十万円を引き出す。
F——二月八日　15・00　大阪ミナミの「ホテルニューライン」に現れる。
G——二月九日　22・10　神戸青木発、今治行きのフェリー、ホワイト丸に一般客として乗船。
H——二月十日　1・30〜2・40　投身（?）。

「と、こうなってるわけ」

美和はボールペンを置き、メモ用紙を冴子の方に押し出した。

「よく覚えているのね」

冴子は正直感心する。

「深草であのカローラの中にいたんはだてやあらへん。ちゃんと取るべき情報は取った」

「さすが、日本画買い上げ賞」

「ちょっと、それ気に入らへんね。皮肉みたいに聞こえる」

「そのつもりでいったんだけど」

「もう……」

美和は指鉄砲を作って冴子を撃ち、

「これから説明すること、しっかり頭に刻み込むんやで」

と表情を引き締めた。

「まず、整理してみる。昌が緑色の派手なジャケットを目撃されたのはA、C、Fであります。Aについては問題なし、新幹線に乗ったことを示唆するにはぜひとも必要です。ところが、Cについては明確な解釈ができません。昌にとって、Cは絶対に知られたくない事実なのであります。何ゆえ、昌はこのような無防備な状態で自宅附近を徘徊したのでしょうか」

「密室トリックに絶大なる自信を持っていたからでしょう」

「ノン。それはおかしい。密室のトリックが完全無欠なものであればあるほど、昌は自分の存在を察知されることを懼れるはずであります」

「だって、警察は……」

「そう、冴子と同じ意見や。けど、決してロジカルであるとはいえへん。どちらかといえば、こじつけに近い。ね、そう思うでしょ」

「うん……」

何となく同意する。

「次、最大の謎であるFにまいります。ここで重要なのは二月八日という日付で、これは既に昌の指名手配がなされた後だということです。にもかかわらず、昌はいかがわしい行為をせんとて、のこのことラブホテルなどに現れ出でた。これは単なる性的衝動、あるいはやけくそのなせる業でしょうか。……昌は故意に自分の姿を他人に見せようとしているのではないかと、私は考えるのです」

「目的は」

「分からへん。こればっかりは推測もできへん。ただでさえ目立つジャケットを捨てもせずにいつまでも着てる神経が理解できへん。髭もさっさと剃り落としたらいいのにそうせえへん。昌はいったい何を考えてるんやろ。まじめに逃走する気、あるんやろか」

「追われれば逃げる、それが動物の本能なのよ」

冴子は無責任に答え、チーズケーキを口に入れた。美和は喋り疲れたのか、両手を頭の後ろに組み、シートにもたれ込む。

「分からん、分からん、不思議、不可解、面妖、面妖……」

しばらくの間、ぶつぶつと題目を唱えていたが、

「分かった」

と、跳ね起きた。冴子はびっくりしてフォークを取り落とす。

「保険や、生命保険や。それしか考えられへん。……指名手配以後の昌の行動。キャッシュカードで逃走資金を引き出し、ラブホテルに現れ、いかにも、逃走中です、私は大阪にいます、ということをアピールしておいた方が、何の消息もなしに、唐突に自殺するよりずっと説得力がある。靴だけを残しておくんやから、ひょっとしたら自殺したのが誰であるか不明になる懼れもあるしね。ま、そんなわけで昌は死んだ。当然、生命保険が下りる。受取人は大沢敏子。昌樹はまだ認知されてないし、この方法でしか昌は子供にまとまったお金を贈ることができへん」

「ちょっと待って。遺体がないことには、加川の死亡は認定されないんじゃないの」

「いや、私、何かで聞いたことがある。海難事故や航空機事故、それと山岳事故につ

いては必ずしも遺体が必要ではないはずや」

「そうか、それでわざわざフェリーから……。ずいぶん悪知恵が働くのね、加川昌」

「私、明日、大阪へ行ってみる。従兄が保険会社に勤めてるし、詳しいこと訊いてみるわ」

「大した行動力ね」

「染色のバイト、明日からやけど、一、二日延期するわ。ほんま、おかしなことに首突っ込んでしもたもんや」

美和はぶつぶついいながらチーズケーキをほおばる。

「これ、おいしい。冴子、もうひとつずつ注文しよ。どうせツケなんやから」

3

鉄分の多い御影石は茶色に変色する。全体が均一に変色しているのは錆石、まだらになったのは梨目と呼ばれ、梨目にはほとんど商品価値がない。

真鍋武雄はシャベルローダーを操作し、梨目をバケットに載せた。五十メートルほど先の海岸に向かってゆっくり進む。ぬかるみにタイヤがめりこむ。こうして月に一度、石切り場のところどころにころがっている梨目を集めて、海に捨てる。

アームを伸ばし、バケットを傾ける。派手な音、大きな水しぶき、海中の砂が舞い上る。アームをおろし、ギアをバックに入れた時、海面に緑色の何かが浮かんだ。眼を凝らす。

人間——真鍋は運転席から飛び降り、後ろも見ずに走り出した。

「それで、雅子はどないいうてるんや」

島崎は病院から帰って来たばかりの田村に訊く。

「白いもんが一瞬見えたとかいうてたし、タオルで口と鼻を強く押さえられたみたいですな。息ができんようになって、しばらくもがいたあと、気絶……」

加川雅子の記憶が少し戻り、事件当日のことを話し始めたのだ。

「タオルを持ってたんは、昌やな」

「それが、まったく見てないんですわ。記憶喪失のせいやない。自分の部屋で漆を塗っている時に後ろからいきなり襲われたためです。……次に気づいたんがアトリエの更衣室の中。変な味のウイスキーを飲まされてたそうです。ごほごほと咳き込んだ途端、また後ろから口と鼻を——」

「押さえられて気絶。その次に眼をあけたら、病院のベッドと……」

「そのとおり。今さら何の足しにもならん証言ですわ」

「けど、順調に回復してるんやから、それで良しとせないかん」

呟いて頬杖をついた時、熊谷が部屋に入って来た。少し緊張した面持ちで、

「島さん、揚がった……」

「何がです」

「加川昌」

「えっ……あいつ、死んでましたんか」

「そうらしい。発見現場は岡山県笠岡市白石島。発見者は真鍋という石材会社の従業員。死体は石の捨て場に漂着してたそうや」

「それが加川であるという根拠は」

「例の上着と髭。指紋の照合はまだや」

「剖検は」

「さっき検視が終ったばっかりやし、本格的な解剖は今晩になるやろ」

「行ってみましょか」

「明日にしてくれ。解剖鑑定が出てからの方が動きやすい」

「くそったれ。加川のやつ、何べん三途の川を往復する気や」

「もう戻って来ることはない。ちゃんと渡し銭払いよった」

二月十九日、朝、島崎は新幹線に乗った。行先は岡山県倉敷の山崎医科大学、用務は加川の解剖結果を聞き、できれば鑑定書をもらうこと。指紋の照合はきのうのうちに終っている。死体は紛れもなく加川昌だった。

岡山で山陽本線に乗り換え、倉敷のひとつ手前、中庄という駅に降りた。いかにも鄙びた感じの木造駅舎、風が強い。駅前にタクシーが一台駐まっていた。

法医学教授室、執刀医宇佐美健三に会った。眉毛に長いものの交った温厚そうな男だ。

「腐敗死体というのは難しくてね。鑑定書はあと一日、二日待って下さい」

開口一番、宇佐美はいった。

「結構です。今、判明していることだけ教えて下さい」

島崎はメモ帳とボールペンを用意した。

「あれはおそらく、青酸中毒死ですな」

「溺死ではないんですか」

「肺や気管支、及び胃や十二指腸には水が入ってましたが、これは必ずしも溺死体に特有の現象ではありません。そこで、臓器や骨髄中のプランクトンを調べてみました。その結果、肺にはプランクトンが存在したんですが、肝臓、腎臓、骨髄中からは発見されませんでした。また、胸鎖乳突筋や大胸筋など呼吸補助筋に出血が見られず、肺の水腫、気腫もなし。……以上を総合勘案して、溺死ではないと判断しました」

「青酸中毒死であることは確かですか」

「それは間違いありません。胃粘膜の色と溢血、胃内容物と血液の極めて強い青酸反応は、青酸中毒の典型症状を示してます」

「ということは、つまり……」

加川はホワイト丸の展望デッキから海中へ落ちるまでの、たった一秒か二秒の間に死亡したことになる。そんなに都合よく死ねるものだろうか……。

島崎が考え込んでいるのを、宇佐美は見てとったらしく、

「海中に転落した瞬間、ショック死することもありますよ。その場合は死体に定型的な溺死所見が認められません」

と、つけ加えた。

「胃の中に未消化物はありましたか」

ふと思いついて島崎は訊いた。宇佐美はデスク上のノートを手にとり、

「パン、レタス、キャベツ、トマト、キュウリ、ハム、キウイフルーツ、コーヒー……以上です。食後一、二時間といったところでしょう」

「死亡推定日時はどうです」

「死後三週間から一週間ぐらい。幅がありすぎるようですが、これは長いあいだ水中にあった腐敗死体ということで勘弁して下さい」

「分かりました。その他に参考所見でもありましたら……」

「右の眼球が欠損していました」

「何ですて」

ボールペンを取り落とした。

「ごめんなさい、驚かせたようですな。魚です、魚が食ったんです。水死体を引き揚げた時、口や眼窩(がんか)からアナゴなどがよく出て来るそうですよ」

宇佐美は平然といい、ほほえんだ。

島崎は二度とアナゴを食うまいと、心に誓った。

「——というわけやけど、わしにはどうしても納得ができん。いくら青酸カリが猛毒やいうても、高さ一メートル三十センチもの手すりを乗り越えられるほど体力の残ってる人間が都合良く一瞬のうちに死んでしまうてなこと、考えられるか」

倉敷から帰ってすぐ、島崎は捜査一係の全員を集めた。解剖の結果を報告し、意見を求める。

「島さんはどう思うんや。解剖医の鑑定ミスとでもいうつもりか」

熊谷がいった。

「いや、そこまで大胆な意見はよう吐きません。ただ、どうしても納得ができんだけです」

島崎はたばこに火を点けた。いらいらする。帰りの車中、このことばかりを考えていた。

「ちょっとよろしいか」

西尾が手を上げた。

「さっき主任がいわはった胃の内容物ですけど、キウイフルーツいうのがひっかかるんです。ハムサンドにキウイを挟んだりしますやろか」

「あっ！」

島崎の頭の中に強くひらめくものがあった。そうだ、そのとおりだ。

「西やん、ええことに気がついた。こいつはお手柄かもしれんぞ」

島崎は電話に飛びついた。

神愛フェリーに電話をし、船内レストランのメニューを訊く。案の定、サンドウィッチにもサラダにもキウイフルーツは入っていなかった。また、他のどの料理にもキウイは使われていなかった。

島崎は受話器を置き、

「加川昌は二月九日の夜、十二時ちょっと前、ホワイト丸の船内レストランでハムサンドとサラダを食うた。そして、二月十日の午前一時三十分以降、二時四十分までの間に青酸を服用し海へ飛び込んだ。甲板上にあった嘔吐物の消化具合をみると、食後一時間から二時間。対するに、死体の胃内容物の消化具合をみると、これも食後一時間から二時間。時間だけはぴったり一致するのに、その内容が違う。嘔吐物の中にないキウイフルーツが胃の中には残ってた。これはどういうことや」

「乗船前にキウイを食べたとは考えられませんか」

浜野がいった。

「それはない。加川がホワイト丸に乗ったのは午後十時十分ごろや。午前一時半までには三時間以上の開きがある。キウイはそれまでに消化されてるはずや。それに、加川は乗船時手ぶらやったから、キウイを船内には持ち込んでへん」

「なるほど、そういやそのとおりですな」

浜野はあっさり引きさがった。

「嘔吐物と胃内容物の相違、死因が溺死ではなく青酸中毒死、死亡推定日時も合致する。……結論が見えて来たんと違うか」

「ホワイト丸に乗った男と加川昌は別人である。そうとしか考えられませんね」

西尾がいった。

「ちょいと待て。ほな、指紋の件はどう説明するんや。展望デッキの手すりと船室の灰皿に付着してた指紋は正真正銘、加川のもんやぞ」

熊谷が走りすぎる議論にブレーキをかける。

「係長のいわはるとおりです。指紋や、指紋のこと、ころっと忘れとった」

すかさず浜野が応じる。コウモリのようなやつだ。

「こういうのどうです」

西尾が発言する。

「展望デッキには二人の男がいた。一人は加川、もう一人はX。Xは加川に青酸カリの入ったコーヒーを飲ませた。加川は死ぬ。Xは加川の靴を脱がせ、死体を海に放り込んだ。そのあと、洗面器かボウルを用意し、喉に指を突っ込んでゲロを吐く。で、その中に青酸カリ溶液と自分の血を混ぜて、あたりに撒き散らした。……おそらく二人の血液型は同じです」

「船内レストランに現れたんはXであるといいたいんやな」

「そうです。Xはつけ髭とサングラスで加川になりすましとったんです」

「ほな、加川は展望デッキに現れるまで、どこに隠れとったんや」

「Xの車……トラックかもしれません。荷台に隠れとったんです」

「ということは何か……」

今までおとなしかった田村が口を挟んだ。

「Xがレストランでゆったり食事している時、加川はトラックの荷台で、ハムサンド、サラダ、キウイを食い、コーヒーを飲んどったんか」

「ま、そうなります」

「あほくさ。あの加川がそんな惨めったらしいことするかい。それに、そもそも加川は何のためにトラックに隠れた。Xは何で加川に変装してレストランへ行った。そんなややこしいことせんと、加川本人がレストランへ行ったらええやないか。まだあるで。毒を服まされたことに気づいた加川は、大声を出すか、その辺を走りまわって助けを求めるはずや。覚悟の自殺でない限り、坐して死を待つことはない」

「それやったら、トラックの中で青酸を服ませた、というのはどうです」

西尾の苦しい答弁。

「死んだ加川をひいこらいうて駐車場から展望デッキまで運び、手すりに指紋を付けさせられるか。二等船室の灰皿に付着してた指紋についてはどう説明する」

田村はカサにかかって攻めたてる。聞いていて腹立たしい。田村の言は単なる否定であって意見ではない。他人の意見に難癖をつけるのなら、少なくとも代案を示せといいたい。

「そういう村さんにちゃんと理屈の通る意見あるんか」

島崎は訊いた。

「そんなもんありますかいな。あったらこのわしが聞きたい」

わけの分からないことをいって平然としている。

「よっしゃ」

熊谷が机に両手をついて立ち上った。

「死体の胃の中にはキウイがあった。これは厳然たる事実や。そやから、今の西やんの意見、確かめてみる価値はある。明日（あした）、島さんと西やんはフェリー会社へ行って、二月九日、ホワイト丸に乗ったトラックと車の客のリストをもらうんや。それで、リストをもとにひとつひとつつぶして行く。偽名を使（つこ）うてたり、盗難車があったりしたら、それを徹底的に調べあげる。ええな」

「了解」

西尾は元気良く答えた。

「村さんと浜やんは今までどおり加川の地取り。……それと、この事件は近いうちに帳場扱いになるかもしれん。何せ死体が出たからな」

「そやけど、加川は今のとこ、自殺ですがな」

島崎はいう。

「そう。今のとこはな」

帳場とは捜査本部のことをいう。もしこれが帳場事件に昇格すれば、担当は県警捜査一課となり、島崎たちは県警捜査員の下で働くことになる。しかし、ここまで捜査を進めて来て、今さら主導権を他に委ねるのは大いに不服だ。所轄署のメンツというものもある。

「とにかく、帳場扱いになるかどうかは偉いさんの決めることや。わしらは一日でも早う事件を解明する、それだけ考えとったらええ。今日はこれで解散」

紋切り口調で言い放ち、熊谷は邪険に手を振った。

島崎は湯に浸り、ただじっとしていた。

ホワイト丸の船上には二人の男がいた。一人は加川、もう一人はX——さっき西尾のいったことが頭にひっかかり、容易に拭いさることができない。

島崎は心証的にXが存在しているように思う。Xは誰、なぜ加川昌を殺した、手すりと灰皿の指紋は……答えのない疑問、堂々めぐり、時間だけが過ぎて行く。

ふいに戸が開いた。

「おとうさん、大丈夫？」

恭子が顔をのぞかせた。

「何や」

「あんまり長湯してはるから、中で倒れてるのと違うか思て……。そろそろ一時間ですよ」

「ほんまやな。湯がぬるうなってるわ」

顔だけ洗ってあがろうと、湯をすくった両手を眼の前に持って来た時、

「これや」

つい大きな声が出た。

「どうしたんです」

「これ、見てみい」

掌(てのひら)を広げて恭子の前に突き出した。

「大きな手」

「そんなことやない」

「爪(つめ)くらい自分で切って下さいよ」

「あほ、よう見てみい。指がふやけとるやろ」

「…………」

恭子は首を傾(かし)げる。

「もうええ」

風呂(ふろ)を出た。バスタオルを腰に巻くのももどかしい。ダイニングルームに入った。

電話帳を繰り、ダイヤルをまわす。相手はすぐに出た。

「わしや、島崎です」

「ああ、島さん……」

鑑識係主任のくぐもった声、食事中かもしれない。

「腐乱死体とか水死体、指がふやけてぼこぼこになっとるやろ。指紋はどうやって採る」

「何をいうかと思たら……殺生やな。今、飯を食うとるんやで」

「急いとるんや、教えてくれ」

「島さんらしいな、待てしばしのないとこ。落とし穴にはまらんよう気ぃつけや」

主任はひとつ嫌味をいって説明を始めた。

「水死体や腐敗死体の指先は、ちょっと触っただけで表皮がべろんとめくれることがある。そんな場合は指を一〇パーセントのホルマリン液に漬けて硬化させといてから指紋を採るんや」

「違う。わしが聞きたいのはそういうことやない」

「ほな、何や」

「三年ほど前、金仙寺湖で腐乱死体が揚がったん覚えてるか」

「そんな事件あったな。担当はせんかったけど」

「あの死体、屍蠟化してたそうやな。指紋はどうやって採取したんや」

「シリコンラバーやろ。あれは被採取物に対する剝離性がええから、指先をいためることがない」

「どんなもんや」

「最初はドロッとした液体。硬化剤を混ぜて指先にたらしといたら三十分ほどで固まる」

「かちかちにか」

「シリコンラバーは石膏やない。ラバーや。ゴムみたいに弾力がある」

「それや。間違いない」

躍り上った拍子にバスタオルが落ちた。恭子が顔をしかめる。


門戸厄神の「葡萄屋」でケーキを三つ食べた日の夕方、冴子は先輩の紹介で東九条の鋳物工場へ行った。仕事の内容は、唐草を透かし彫りにしたアルミ門扉の原型造りで、一日九千円なり。工場中庭に建てられたプレハブの一室が作業場だった。

翌日、冴子は与えられた資料をもとに構図を決め、ラフスケッチを描いた。それを鋳造の職人さんに見せて強度的な検討をしてもらい、原寸図を作成した。

二日目、朝、寝床の中で読んだ新聞で、加川昌の死体が発見されたことを知った。美和が押しかけて来そうな気がして、慌てて下宿を出た。鋳物工場着。原寸図の上にハリガネを置き、骨組みを作った。粘土を付けるため、ハリガネにシュロ縄を巻く。このバイトは出来高給でなく、いわば時間給なので、適当に怠けながらする。作業場には小さな石油ストーブが一台だけ、寒い。

三日目。ハリガネに粘土を付け始める。葉脈や花弁の細かい部分はあとまわしにし、全体の大きな形を整える。

午後、途中で作業を終え、冴子は工場を出た。今日は学校でクラブのミーティングがある。冴子はこれでも女子バスケットボールの部員なのである。ちなみに、美和も同じクラブ員で、二人とも万年補欠。練習はほとんどせず、コンパだけは皆勤というのだから救いようがない。

彫刻科を覗いてみる。樹脂工作室に五十嵐がいた。石膏凹型に透明アクリル液を流し込んでいる。三月の初旬、大阪でグループ展を開くそうだ。冴子は後ろから忍び寄った。

「わっ」

背中を叩く。

「あ、びっくりした。何や、池内か」

「精が出るのね」

「いやになるで。他の連中は春休みで遊び呆けとるのに」

「いいじゃない。好きでやってるんでしょ」

「まあな」

五十嵐は頭に巻いたタオルをとり、作業台に腰かけた。たばこを出し、

「ついさっき、妙なおっさんが来たで」

マッチを擦る。

「浅黒い顔のひょろひょろしたおっさんや。年は五十すぎ、よれよれのコート着てた。あのおっさん、藤井の知りあいか」

「なぜ、そう思うの」

「藤井のバイト先はどこやと訊きよった」

「で、五十嵐君は、どう答えたの」

「学生課で訊けというた」

「その人、ごま塩頭で、黒縁の眼鏡かけてなかった？」

「そや。よう知ってるな」

田村だ。大学までいったい何をしに来たのだろう。

「詳しく教えて。その人、美和のバイト先を訊いただけ？」

「違う。シリコンラバーや石膏のこと訊ねよった」

「シリコンラバー？」

「そう。……そのおっさんのっそりとこの部屋へ入って来てな、『最近のマネキン、本物の人間から型をとるんやて』と、こうや。おれ、そのとおりやと答えた。すると、『手の型はどないしてとる』というから、『石膏やシリコンラバーでとる』と答えた」

「それで……」

「おっさん、『手のシワや指紋までとれるんか』と訊きよるから、『大丈夫、毛の一本一本までばっちりとれる』というたら、『彫刻家は誰でもその技術持っとるんやな』と念押しよった」

手のシワ、指紋、彫刻家──田村の狙いがおぼろげながら分かるような気がする。しかし、シリコンラバーと指紋、それが加川昌にどう結びつくのだろう。

「あのおっさん、刑事か」

唐突に五十嵐はいう。

「さあ、今度美和に会ったら訊いてみる」

適当にあしらい、

「で、その人、どこへ行ったの」

「知らん。おれ、おっさんに興味ない。藤井にはあるけど」

「私には」

「ちょっとだけ」

「あ、そう。五十嵐君って審美眼がないのね」

冴子は樹脂工作室を出た。大学の正門を抜け、バス停に走る。

五分ほど待ったが、バスは来ない。仕方なく、タクシーを拾った。

第五章　漆のトリモチ

1

烏丸上立売、同志社大学の角を西に折れ、室町通を五十メートルほど上ったところでタクシーを降りた。「染織ひよしや」へ飛び込む。薄暗い土間を奥へ進み、突き当りの階段のところで靴を脱いだ。勝手に上る。上ったところは二十畳ほどの板の間、天板が斜めになった製図机が並び、七、八人が図案を描いていた。

「あの、藤井美和さんは」

「隣や」

手前の男が面倒くさそうに答えた。

廊下を少し行くと、小学校の教室くらいの広い部屋。ここも板敷きで、木製の大きな坐り机が十数脚。机の上には帯生地と、染料の入った色とりどりの皿。女性ばかりの職人さんたちが傍目もふらず筆を走らせている。美和の姿はない。

廊下の向かい側の小さな部屋を覗いた。ガスコンロの前に美和が立っていた。片手鍋で何か煮ている。冴子はポケットのティッシュペーパーを丸め、投げた。

「おや、冴子。あんた、まだ職探ししてるの」

美和が振り向いた。

「おあいにくさま。ちゃんと鋳物工場に固いお仕事を見つけました。一日一万円よ」

千円、さばを読んだ。

「彫刻科はいいなあ、技術があるよって」

「日本画もいいじゃないの。筆を使わせればプロだもの」

「こんなもん、図案は最初から決まってるし、それを見ながら色を置いていくだけや。冴子でもできる」

でもというのが気に入らない。

「で、美和は今、何をしているの」

「見てのとおり。染料を煮てるんや」

「まるで魔法使いね」

「何、それ」

「よくあるじゃない。毒キノコやトカゲのシッポ、ヒキガエルのイボなんかをコトコト煮つめてる鼻の曲がったおばあさん」

「冴子、あんたいったい何をしに来たん。毒りんご食べたい？」

いって、美和が笑った時、

「アルバイトの藤井美和さん、ここでっか」

という声が図案室から聞こえた。田村だ。

「あのカエルを踏みつぶしたような声は、ひょっとしてメフィストフェレスの声やな。こんなとこまで何しに来たんやろ」

美和は鍋をコンロからおろし、火を消した。

田村が現れた。美和だけでなく冴子もいることに驚いたようだ。

「へえ、いつも一緒でんな。どっちがお神酒でどっちが徳利やろ」

意味のないことをいう。

「何か……」

「いやね、今日はどうしても訊きたいことがあって。ちょっと手を休めてもらうわけにはいきませんやろか」

ばか丁寧な口調にかすかな不安を覚える。美和はキャンバス地の大きなエプロンを外し、

「外へ行きましょ」

た。

と、先に立って部屋を出た。廊下の突き当りのドアを開ける。そこは物干し場だった。

何本もの伸子でぴんと張られた布が風に揺れている。ピンク、ベージュ、スカイブルー、ライトグリーン、鮮やかな色が屋内から出たばかりの眼に強く焼きつく。美和と冴子は物干し場の隅に並んで腰をおろし、木の手すりに背中をもたせかけた。田村は坐りもせず、

「なかなか結構な眺めですな。いかにも京都といった風情がある」

と、あたりを見まわすばかり。いっこうに話を切り出そうとしない。

「すみません、用件をいうてもらえませんか」

美和が催促した。

「ほい、それやがな。忘れとった」

わざわざ京都まで来ておいて、忘れたも何もない。

「ちょっといいにくいんやけど、あんた、席外してもらえんかな」

田村は冴子にいった。

「都合悪いんですか」

「はっきりいうて、そうや」

「じゃ、私は……」

立ち上ろうとしたのを美和に腕をとられた。

「冴子、行かんでもいいやない。ここにいて」

「それは困る」

田村の一変して鋭い声。

「これは世間話やない。部外者は遠慮してもらいたい」

「けど、冴子は姉を助けてくれた……」

「そんなこと関係ない。事情はどうであれ、部外者であることに違いはない」

田村は居丈高にいう。さっきまでの低姿勢は、やはり彼の本性ではなかったのだ。

「へえ、そうですか……」

美和はあごに手をやってしばらく考えていたが、

「ほな、私も話すことありません。何が何でも捜査に協力する必要ないでしょ。私、仕事があるし、失礼します」

ひょいと立ち上り、布地の下をくぐって向こうへ行ってしまった。田村は渋面を作ってそれを見送っていたが、しばらくしてクックッと肩で笑い始め、

「そうやな……この方があの子にとっては良かったんかもしれん。実の姉が容疑者やて、辛すぎる」

と、はっきり呟いたのを、冴子は聞き逃さなかった。

「今、何といいました」

冴子は訊く。

「別に」

田村は横を向く。

「私、聞きました。そんなこと信じられません。美和のお姉さんは被害者です」

「まあ待ち。これはまだわしだけの意見や。さっきの言葉は聞かんかったことにしてくれ」

そういわれると余計気になる。

「詳しく教えて下さい。私は美和の友達です」

「それやから困る。あんたにいうたらみんな筒抜けになる」

「じゃ、島崎主任に訊きます。それでダメなら、西宮北署の全員に。新聞各社の社会部にも」

「もうええ」

田村は強くいい、

「ほんまにこのごろの学生ときたら……。分かった、いう。いうけど、その前に、わしの質問に答えてくれ」

冴子の隣に腰をおろした。あぐらをかく。

「あの日……二月一日、あんたと藤井美和は加川雅子をアトリエから救出した。そのあと、あんたは二人を置いて母屋に走り、一一九番に電話をした。救急車が来るまでの間、雅子とあの子が二人っきりになってた時間、どのくらいあった」

「それは前にもお話ししたとおり……」

冴子が不服そうにいうのを田村は手で制し、

「何べんも同じことを訊くのがわしらの仕事や」

「……二、三分だと思います」

「あんたが現場に戻った時、二人はどんな状態やった」

「お姉さんは息も絶えだえで、美和が『姉ちゃん、しっかりして』といいながら体を揺すっていました。私、わけも分からず、そばでおろおろしていました」

「雅子はただじっとしてただけか」

「当然です。意識がないんだから」

「そのようすに、特に不審を抱くようなとこは」

「今にも死にそうな人を前にして、その状態をちゃんと観察できるような冷静さは、私にはありません」

ふむ、と田村はいい、しばらく視線を宙に据えていたが、

「あんた、加川邸へ行ったんはあの日が初めてやったな」

間合いを計ったように再び口を開いた。

「ええ、そうです」

冴子は素直に答える。

「ほな、加川家で飯を食おうという誘いは……それも初めてか」

「はい……」

「いつのことや」

「当日の午後。大学の近くの中華料理店でお昼を食べている時でした」

「あんたとあの子、三年のつきあいやったな。それやのに招待が初めて。行ったんも初めて。そして、その初めての機会に、よりによって自殺未遂の現場に出くわした。これは偶然にしてはあまりにもできすぎてるんやないかと、わしはそんな気がするんやけど、あんたはどない思う」

のらりくらりと攻めて来る。これが関西流言いまわしの妙なのか。

「私たち彫刻科の学生はね、立彫会が大嫌いなんです。半ば軽蔑(けいべつ)しているんです。それを知りつつ私を招待してくれた美和の気持ち、とても嬉(うれ)しく思っています」

歯切れよくいってやった。

「そういうの、わしには分からん。理由はどうあれ、事件当夜にあんたを招(よ)んだという事実がわしら刑事には大切なんや」

「どう大切なんです」

「それは……」

田村が言いよどんだのを見て、冴子は攻撃に転じた。

「いいたいことがあればはっきりいって下さい。まさか、美和のこと疑ってるんじゃないでしょうね」

「………」

田村は素知らぬ顔。

「私、今日の朝刊を読みました。彫刻家の死に疑惑、加川昌は投身自殺か……確か、そんな内容でした。捜査はどう進展しているんです。田村さんの本当の目的は何です」

「そう気をまわさんでもええやないか。わしが来たんは捜査の最終的な詰めをするため。いわば後始末みたいなもんや。ちょっとした齟齬はあるけど、事件そのものは解決したも同然やがな」

田村はなだめすかすようにいう。

「新聞には、近々県警捜査一課が乗り出すか、とも書いてありました。解決した事件になぜ県警がかかわろうとするんです」

「そんなこと、わしの知ったことやあるかい」

田村は苦々しげに吐き捨てる。

「この際、はっきりいっておきます。加川雅子さんは純然たる被害者です。美和も私もやましいことなんてこれっぽっちもありません。あの日、あの時、私たちがアトリエに行ったからこそ、お姉さんは命をとりとめた。そのことが不幸中の幸いであったと、なぜあなたは素直に認められないんです。あの時のお姉さんのようすを目のあたりにしていれば、とてもそんなことといえないはずです」

気持ちがたかぶって眼がしらが熱くなる。

「声涙ともにくだる大熱弁、いうやつやな」

田村に表情の変化はなく、

「分かった。また来るわ」

と、腰を浮かせる。

「待って下さい。さっきの約束どうなったんですか。訊くだけ訊いてさよならじゃ、いくら何でもひどすぎます。お姉さんばかりか美和まで疑われてると知った以上、私、何があっても引きさがりませんからね」

「引きさがろうとさがるまいと、あんたの勝手や」

「私、このことを美和にいいます。もちろんお姉さんにも。自分の口から問いただしてみます」

「何をいうんや。あほなことするな」

「いえ、そうします。美和は私の親友です」

きっぱりいって田村を見る。ここで負けたら後々まで悔いが残る。

長い睨みあいのあと、先に眼を逸らしたのが田村で、

「あんた、まるでスッポンやな。わけの分からん彫刻なんぞ作ってんと、その辺の池でフナやカエルでも追いかけてたらどないや」

頭のネジが四、五十本も外れているような程度の低い嫌味をいう。

「ええか、これからいうことはあくまでもわしが作ったおはなしや。そやから、誰にも喋ったらあかんぞ。あの二人にはもちろんのこと、寝言にもいうな」

「約束します。神様、仏様に誓って」

「よし、その言葉忘れるな」

田村は話し始めた。

「最初にいうとくけど、わしは藤井美和まで疑ってるわけやない。その点は安心してもええ。もしあれが姉妹の狂言なら、あんなややこしい密室を作る必要ない。妹はさっさとアトリエに飛び込んで、姉を助け出してる。わしが訊きたかったんは、加川雅子が一人になった時間があったかどうかということや。それとももうひとつ、さっきあんた、加川邸に誘われたんは事件当日の午後やというた。もしあれが姉妹の狂言で

前々から計画されていたものであれば、藤井美和はあんたをもっと早うから誘うて、ちゃんとした約束をとってたはずや。計画実行直前にそれを言い出すやて、危のうて仕方ないがな」

「そうです、そのとおりです」

冴子は何度も頷く。

「で、問題なんは姉の加川雅子。あんたも知ってるように、この事件はおもしろいように二転、三転した。最初は加川雅子の自殺未遂、次に他殺未遂、夫が犯人として疑われた。昌は逃走、ラブホテルに現れたりして、不可解な動きをしたあと、船から投身自殺。捜査が進んで生存説。昌を逮捕すべく本腰を入れたところで死体発見。本来ならこれでめでたしめでたしとなるところが、遺体を解剖してみたら胃の内容物と嘔吐物に明らかな相違がある……てな調子で、合点のいかんことが次々に出て来る。そこで、わし考えた。この事件の根本は何やろ。わしら、その時々に派生する現象に惑わされすぎてるんやないやろか、と」

「根本って何ですか」

「動機や、動機。そもそも加川昌は何を目的として妻を殺そうとしたんか」

「それは分かりきっています。三角関係のもつれですね」

「と、最初はわしも思い、そのことに何の不審も抱かへんかった。ところが、よくよく考えてみると、昌には妻を殺すことのメリットがほとんどないという事実に気づいたんや」

「それは……」

「動機を大きく分類すると、一つは怨恨、もう一つは金ということになる。まず怨恨について。……加川昌は雅子に恨みを抱いていたか、あるいは殺したいほど嫌悪していたか……いずれも答えはノー。雅子は感情を理性で抑え込むタイプやし、自分の体が弱いせいもあって、外に昌樹という子供が生まれた時も、嫉妬にかられたり、取り乱したりするようなことはなかった。昌が子どもに会いに行くのを邪魔したりもせんかった。つまり、こと女遊びに関する限り、雅子は昌にとって願ってもない妻やったといえる」

「夫婦間の感情の動きって、そんな単純に割り切れるものかしら」

冴子は疑問を呈する。

「それはいわれんでも分かっとる。話は最後まで聞くもんや」

田村は眼鏡を外し、ポケットからハンカチを出してレンズを拭きながら、

「動機の第二、金銭問題。……加川家の財産は大雑把にみて約六億円。その大半があの甲陽園の不動産なんやけど、すべて加川昌の名義になってる。昌が雅子を殺して手に入れる金なんぞない。また、愛人と子供に対する財産の贈与にしても、昌樹を認知

してないから、あの母子に一銭の金も入る可能性はない。つまるところ、昌が雅子を殺す動機はないと、わしは結論づけた」

「それならそれでいいじゃないですか。なのに、どうしてお姉さんが疑われなきゃなんないんです」

冴子は抗議する。田村は、ひとつ空咳（からせき）をしてから、

「さてと、ここからが本論や。結論を出したあと、わし、もういっぺん考えた。この事件でほんまに得をしたのは誰やろ、と。……雅子や。加川雅子ただひとりが利益を得とるんや。実際、昌が死んだら、全財産は雅子のものとなる。六億円の遺産いうたら莫大（ばくだい）なもんやで」

「でも、それはあくまでも結果であって……」

「何をいう。結果ほど大切なものはないんやで。およそものごとの本質を知るためには結果を見る以外にない。経過とか過程いうのを考慮に入れたらことの本質を見失う。わしらの捜査にしたって、犯人（ホシ）を捕まえなんだら、なんぼしんどいめしたところで誰も評価してくれへん」

そこまで極論されれば返す言葉がない。

「雅子の狙（ねら）いは昌の財産。元々、夫婦仲は冷えきってたし、最近は昌が昌樹を認知すると言い出してえらいもめてた。もし、認知が完了したら……」

「あの、認知って何ですか」

言葉は知っているけれど、詳しい知識が冴子にはない。

「あんた、認知も知らんのかいな」

田村は呆れ顔をし、

「認知とは、父が婚姻以外に生まれた子を自分の子であると認めることをいい、認知によって子は出生時にさかのぼって父の子として扱われる……ちゃんと民法七八四条に書いてある。具体的には、昌樹の戸籍の父親欄に加川昌の名前が記載されるということや。念のためつけ加えると、内縁の妻や、結婚してる夫婦関係以外の間に生まれた子供は、母の子として相続人にはなれても、父の子となるためには父の認知を必要とし、認知されてはじめて父の相続人になることができる……と、こうや。ひとつ賢こうなったやろ」

「ええ、まあ……」

冴子は曖昧に頷く。

「話が横道にそれてしもた、先を急ご。……嫡出でない子は嫡出子の二分の一しか財産を相続できへんから……」

「あの……」

冴子が口を挟むと、田村は今度は露骨に眉根を寄せ、

「嫡出でない子とは、正式の結婚によらないで生まれた子をいい、嫡出子とは、正式な結婚によって生まれた子をいう。分かったか、ちゃんと理解したか。ほんまに近ごろの学生ときたら、学校で何の勉強をしとるんや」

私は美術大学の学生でございます、そんな法律をこねくりまわす暇があったら、彫刻のひとつでも作っております――冴子は出かかった言葉を喉の奥に押しとどめた。

「法的には、認知が完了したら、昌が死んだ時、遺産は雅子に四分の三、昌樹に四分の一が相続されることになる。けど、これを不服として親権者の大沢敏子が家裁へ増額を申し立てた場合、実際のところは雅子が二分の一、昌樹が二分の一を相続するようになるというのが最近の判例であり、傾向でもある。要するに、三億を愛人母子にとられるんやけど、これが雅子には我慢できんかった。……認知がなされるまでに昌を殺し、遺産をすべて我がものにする。暗い企みが雅子の脳裡を走ったというわけや」

ノーリを走るとはえらく文学的な表現だ。それにしても田村はよく喋る。ここまで饒舌だとは思いもよらなかった。

「事件によって利益を得た者を疑う、それが捜査の常道や。わしは加川雅子が犯人であるという前提に立って事件を一から見直してみた。すると、今までの疑問点がおもしろいように解けていく。その第一があのアトリエのトリック」

――二月一日、午前九時前後、加川雅子は朝食の仕度（ハムサンド、サラダ、コーヒー）を終えてから、セドリックを運転して自宅を出た。新神戸駅着。附近の路上に車を駐め、タクシー降り場で昌を待った。

十時二十分、昌が来た。タクシーを降り、駅構内に入ったところで、雅子は昌を呼び止めた（緊急の用ができたから一度自宅へ戻ってくれ、「北斗画廊」のパーティーには充分間に合う）。適当な理由をつけて昌をセドリックに乗せ、自宅に向かった。

十一時三十分、自宅着。雅子はダイニングルーム（？）で、青酸入りのコーヒーを昌に飲ませ、殺した。嘔吐物を拭き取り（ダイニングルームの床だけが板敷き）、死体を隠した（裏の雑木林に埋めた？）。

午後四時三十分ごろ、雅子はアトリエに入った。カンヌキを上げ、ドライアイスをセットした（ドライアイスの昇華時間とカンヌキの凍結時間は事前に何度も実験して確かめてあった）。

午後五時、雅子は更衣室に入り、ボールペンでメモ帳に遺書らしき文章を書いたあと、その紙をちぎり取り、灰皿の中で燃やした（加川昌の擬装工作と思わせるためには現場に遺書があった方がいい。しかしながら、紙が残っていれば筆跡を鑑定され、書いたのが雅子本人であると判定される懼れがある。そのため、メモ帳は白紙で、しかも遺書らしき文章が書かれた痕跡を残しておくようにした）。

五時三十分、雅子は睡眠薬入りのウィスキーを飲み（もちろん、本当に眠り込むような量は飲んでいない）、ガスの元栓を開いた。

六時三十二分、藤井美和と池内冴子が加川邸に来た。雅子は更衣室のドアを閉め、横になった。六時四十五分、美和と冴子の手により雅子は救出された――。

「嘘です。私、承服できません。美和のお姉さんはそんな人じゃありません」

冴子は憤然としていった。声が震えている。田村は顔色も変えず、

「加川雅子の記憶喪失について、わしは強い疑問を持ってる。あれは外部から診断できるような性質の病気ではなく、脳波をとろうが頭の断層写真をとろうが、雅子本人がボーッと口をあいて、『ここはどこ、私は誰』とかいうてたら、医者は記憶喪失ですと判定せざるを得ん」

「なぜ、そんなふりをしなきゃなんないんですか」

「そこが雅子のずる賢いところで、自分からは何ひとつ喋らんでええような状況を作りよったんや。よう考えてみ……資産家が愛人の子を認知する前に変死する、妻が莫大な遺産を相続する、夫婦間に子供はない、仲は悪かった……条件が揃いすぎとるやないか。警察が捜査を始めた場合、犯行の第一容疑者は当然、妻ということになるから、動機、交遊関係、アリバイなど、微に入り細にわたり徹底的に調べられる。雅子はそれらの事態を予測して、記憶喪失症になったんや。そのために、まず自分の自殺

という場面を設定し、捜査が進むにつれて、他殺未遂、昌の逃走、自殺、死体発見、と次々に状況を推移させていくという極めて凝った筋書きを練ったんや。雅子はあくまでも被害者、加害者は昌であるという図式を作り、それを一貫して押し通した。……それと、記憶喪失にはもうひとつ利点がある。雅子の口から直接、昌が怪しいといわへん方が自然で、説得力もあるということや。捜査の進み具合を端から眺めてて、もし予測が外れて昌の犯行説が出て来んようなら、適当な時点でちょっとずつ記憶を戻してみせるつもりやったんや。事実、雅子は救出されたあと、病院で、『やめて』、『助けて』、『泥棒』、と殺人未遂を暗示するような言葉をぽつぽつと洩らしとる。あの演技力とあの顔、ほんまもんの役者そこのけや。だいたいが、記憶喪失なんぞという症状、そうそう都合良うなるもんやない。どこかうさんくさいとこがある」

「何でもかでも疑ってかかるんですね。人間性が歪まないかしら」

冴子は嫌味をいう。

「わし、元から歪んどるがな」

効きめなし。

「加川昌の死体を雑木林に埋めたとかいいましたね。いくら階段があるからといって、あの高いコンクリート擁壁の上まで死体を運び上げる力なんて女性にはありません。それに、さっきの話どおりなら、加川昌は二月一日に死んでいます。ラブホテルやフェリーに現れたのは幽霊ですか」

せいいっぱいの皮肉を込めていった。

「なかなか鋭い指摘ではありますな」

田村はおどけるようにいい、

「幽霊の正体はな……雅子の共犯者や」

「共犯者?」

「二月一日、加川昌が死んで以来、色んなとこで顔見せ興行をしとるんはみんな共犯なんや」

「誰です、それ?」

「そいつはまだいうわけにいかん。わしはちゃんと目星をつけとるけど、な」

「………」

「仮にそいつをXとでも呼んどこ。……Xは死んだ加川から服をはぎとった。汚れがつかんよう毛布か何かに死体を包んで裏の雑木林に埋めた。次に、Xはサングラスをつけ、例の派手なジャケットを着て外へ出た。新甲陽口の郵便局前でタクシーを拾い、伊丹の空港へ行った。徳島正一の名で飛行機に乗った。東京へ着いて、空港から加川家に電話した。予想どおり刑事らしき男が出たので、Xは計画が成功したことを知った。そのあと、『北斗画廊』へ電話を入れ、擬装工作の仕上げをした。……それ以後のXの動きは説明するまでもないやろ」

「そんな荒唐無稽な話、私は信じません。第一、証拠ってものがないじゃないですか。加川昌は確かに二月一日に死んだっていう……」

「あんたもしつこいな。しゃあない、これ見せたろ」

田村はコートの内ポケットから写真を出した。キャビネ判、三枚あった。

「事件当夜に撮った加川家の鑑識写真や。どの部屋か分かるやろ」

冴子は写真を手にとった。磨き込まれて黒光りする木の床、コルクの壁、白地に花模様のタイルを天板に敷きつめたスペイン風の大きな食卓、素朴な木組みの椅子、厚いガラスシェードのペンダントライト――三枚ともダイニングルームを写したものだ。

「この写真がどうかしたんですか」

冴子は素っ気なく訊く。

「ちゃんと観察してほしいな。食卓の上には何がある」

「花と果物……」

シクラメンの鉢植えと籐の籠。籠には、アボカド、リンゴ、オレンジ、キウイフルーツが山と盛られている。とりたててどうということのない食卓風景だ。

「こいつはまだ詳しいには発表してへんのやけど、加川昌の死体にはな、――」

田村はフェリーの甲板上に残された嘔吐物と死体の胃内容物の相違を手短に説明し

た。

「——というわけで、加川は二月一日に死んだとわしは考えとる。昌が食うたんは、雅子の用意したハムサンドとサラダ、……ホワイト丸の船内レストランで食うたもんやない」

「目撃者はどうです。二等船室にいたお客さんは加川昌を見たんでしょう」

冴子はへこたれない。

「確かに見た。見たけど、それが加川であるとは必ずしも断定できん。サングラスに髭面（ひげづら）いうたら、相当に特徴のある顔や。そういう顔は覚えやすい半面、間違いやすいという欠点を併せ持ってる。眼鏡と髭にばっかり目が行ってしもて、他の特徴が印象に残らんのや。人の記憶ほどあてにならんもんはない。実際、ミナミのラブホテルの従業員も、昌の顔を間違えた」

「それじゃ、指紋はどうなんですか。あれは記憶じゃありませんよ。……ラブホテルのお湯呑（ゆの）み、フェリーの手すりと灰皿、どう説明できるっていうんです」

冴子はとっておきの切り札を出した。なのに、田村は動ずるふうもなく、

「あんた何者や」

異なことをいう。

「学生です。美大の彫刻科」

「彫刻科では石膏の使用法、教えへんのかいな」

「あっ！」

冴子には分かった。田村が彫刻科に現れ、五十嵐に訊ねたことの意味を今やっと理解した。

「シリコンラバー……ですね」

ふん、と田村は満足げに頷き、

「死んだ加川の手に石膏液をかける。できた石膏凹型にシリコンゴムを流し込み、凸型をとる。凸型に掌の脂を擦付け、湯呑みや灰皿に押しつける。多少曖昧な形にはなるけど、間違いなく指紋は付着する。……彫刻界の人間ならではの発想やな」

いって、田村はたばこに火を点けた。うまそうに吸う。冴子は田村の説に弱点がないか懸命に考える。このまま手をこまねいていては雅子が犯人になってしまう。美和の泣き顔が目に浮かぶ。

「Xとお姉さんが共犯であるという根拠は何です。証拠はないんでしょ」

「昌を新神戸駅から自宅へ連れ帰るのも、毒を服ませるのも、雅子がやったればこそや。Xには絶対にそんな芸当できん。ただし、Xが雅子をそそのかしたということはあるかもしれん」

「お願いです。教えて下さい。Xって誰ですか」

「さあ……誰やろ。いずれ逮捕されたら分かるやろ」

田村は自信ありげに答える。けむり混じりの息が白い。

「それはいつです」

「そうやな、近いうち……とでもいうとこか」

田村はたばこを揉み消し、のっそり立ち上った。

「何べんもいうけど、このことは内緒やで。口が裂けても喋ったらあかん。特に藤井美和には。……ええな」

最後の念押しをして、帯生地の波の向こうに消えた。

冴子は揃えた膝小僧にあごを乗せて考え込む。西の空は淡く色づき始めている。寒さなんて感じない。

田村の目的は何だったのだろう——最初、美和にどうしても訊きたいことがあるといっておきながら、彼女が機嫌を損ねて向こうへ行くと、田村はそれを追うこともせずあっさりと諦めた。そして、妙にはっきりと、雅子が容疑者だと呟いた。あれは冴子に投げた餌であり、冴子が食いつくのを期待していたのだ。そのあと、美和にだけは喋るなとくどいほどいったのは、裏を返せば喋ってくれとの意思表示だったのかもしれない。まだ公表されていない内部事情を交えてまで披露した雅子の犯行説、それは田村だけの考えなのか、それとも捜査一係全体の考えなのか、また、それを美和に伝えるか否か。田村の本当の狙いは何なのか。——冴子には分からない。見当もつかない。今はともかく、不用意に動くべきでない。

考えあぐねた末に結論らしきものを捻(ひね)り出した時、窓が開いて冴子を呼ぶ声が聞こえた。美和だ。冴子は腰を上げ、母屋に入った。美和は廊下で待っていた。

「田村氏は」

「さっき帰ったばかりだけど、美和は会わなかった？」

「知らん。仕事に熱中してた。長々と何を話してたん」

「指紋の話よ。加川家のアトリエから、新たに私たちの指紋が検出されたんだって」

とっさに嘘が出た。

「具体的にどこから」

「出入口横の窓枠。……お姉さんを助け出す前、窓から中を覗(のぞ)いたから、その時の指紋でしょっていっといた。……あとはどうってことのない世間話」

「それだけ？」

「うん、それだけ」

「それで、わざわざ京都までね……」

美和は首をひねったが、すぐ元の表情に戻り、

「冴子はここへ何しに来たの」

「クラブよ、クラブのミーティング。美和のことだから忘れてるんじゃないかと思って誘いに来たの。どう、この友情」

「ミーティング、確か三時からやったね。ところで冴子、今何時」

「五時少し前」

「えらい間の抜けた友情ですこと」

2

「何やて、アリバイがある？　それ、確かなんか」

島崎は浜野にいった。

「二月一日、菊池が『北斗画廊』へ現れたんは午後七時二十五分。乗った列車は午後三時四十四分京都駅発のひかり六〇号。同行者もいてます」

浜野はふてくされたように答える。

「誰や、それは」

「伊東泰之。立彫会の会員でここ十年くらい菊池の腰ぎんちゃくをしてます」

「そういう関係なら、伊東が菊池のアリバイ工作に協力することも考えられるやないか」

「そらそうかもしれんけど、たったの一日で裏まで取れませんわ」

今朝一番、指紋のからくりを一係の全員に説明したあと、島崎は浜野に、立彫会副理事長、菊池圭のアリバイ捜査をするように指示しておいたのである。Xイコール菊池圭、島崎はその可能性に賭けている。自信もある。加川昌の死により、次期立彫会理事長となる立場。指紋のトリックを思いつき、なおかつシリコンラバーを扱う技術を持つ彫刻家。非嫡出子であることの昌に対する劣等感。昌になりすますことのできる容貌の相似。義兄としての加川雅子とのつきあい、共犯関係。——菊池圭こそ、Xであるべき条件をすべて満たしている人物ではある。

「菊池、新幹線に乗るまではどないしてた」

「九時に起きて朝飯食うたあと、アトリエに閉じこもって一時頃まで制作してます。そのあと風呂へ入り、身づくろいをして家を出たのが午後二時。伊東が自宅まで車で迎えに来たんです。……と、ここまでは菊池の奥さんから聞いたことやし、間違いはおませんやろ」

「ひかり六〇号の東京到着時刻は」

「十八時三十四分です」

「東京駅から『北斗画廊』は眼と鼻の先や。パーティーが始まるまで何をしてた」

「伊東と一緒に銀座で買物。パーティーの差し入れ用に、シャンペンを三本買うたそうです。副理事長ともなると気を遣うことが多い、とかいうてました。そのあと、通りがかりの喫茶店でコーヒーを飲んでから、画廊へ行ったんです」

「大したアリバイやないな、どうとでも言い逃れができる」

あの日、午後七時十五分、加川昌と名乗って「北斗画廊」へ電話を入れたのは菊池か伊東ではなかったか……。

「菊池の家、左京区の松ケ崎やったな。……伊東が迎えに来たのが午後二時、車飛ばしたら四時には甲陽園に着く。上の道路に車を駐め、雑木林から加川邸に入る。迎え入れたんは加川雅子、そばに昌の死体がころがってる。菊池と伊東は死体を車のところまで運び、人目のないのを確かめてから車に放り込む。伊東はそのまま大阪国際空港へ走る。菊池はサングラスとつけ髭で昌になりすまし、新甲陽口からタクシーに乗る。空港に着き、徳島正一の名で十八時発の全日空三六便に乗った。伊東も同じ飛行機に乗ってたはずや。……くそったれ、昌の死体は雑木林に埋められてたんと違うな」

「なんぼ探したところでそれらしい痕跡、見つからんはずですわ」

西尾が口を挟む。彼は今日、鑑識係に協力してもらい、雑木林の捜索をした。

「西やん、明日と明後日は加川家に張りついて、もういっぺん邸内の詳しい検証をしてくれ。目的は青酸化合物の検出。加川昌は多分、邸の中で毒殺された。そやから、ガレージ、セドリックの車内、ダイニングルーム、昌の書斎、雅子の部屋……どこかに吐いた痕（あと）があるはずや。ちゃんと目に見えんでも、埃（ほこり）や付着物を集めて検出したら青酸反応が出るに違いない。分かったな」

「了解」

「それから浜やん、二月七日と八日、九日夜から十日にかけて、菊池はどこで何をしてた」

七日はXが「阪急百貨店」でキャッシュカードを使用し、八日は「ホテルニューライン」に現れ、九、十日はフェリーに乗った日である。

「七日と八日は自宅で粘土いじり。九日夜は木屋町（きやまち）のクラブで画商二人と飲んでます。店を出たんは十日の午前二時、これはホステス連中から裏取りました」

「デパートやホテルはともかく、フェリーに乗ったんはおそらく伊東の方やな。伊東の人相、風体は」

「背は百七十前後、細面の優男ですわ。年は三十五」

身長と顔の造りは加川昌に近い。

「伊東の血液型は」

「そこまでは……」

フェリーのデッキにあった嘔吐（おうと）物から判明した血液型はO型、当然、伊東もO型でなければならない。

「よし分かった。浜やんは引き続き、菊池と伊東の身辺を洗うこと。それと、ご苦労やけど明日は伊丹へ行ってくれ。二月一日から二日にかけて、伊東の車は空港もしくはその附近の駐車場に駐められてた可能性がある。もしそうなら、ナンバーを控えた伝票が残ってるし、決定的な物証になる」

「ちょっとええか」

黙って部下のやりとりを聞いていた熊谷が口を開いた。

「島さんのいうとおりなら、飛行機に乗ったんは菊池と伊東の二人や。当日の搭乗者名簿には、徳島正一の他にもう一人、伊東が使うた偽名もあるはずやろ」

なるほど、仰せのとおりである。

「そっちの方は私が調べますわ」

いって、冷めた茶をひとすすりしたところへ、

「おお寒む。京都も西宮も日本全国冬のまっ盛りやな」

田村が帰って来た。ストーブに両手をかざす。

「どうやった、首尾は」

島崎は訊く。

「手応えはありましたな。あとは池内冴子の動き次第」

「池内？　藤井美和に会いに行ったんと違うんか」

「それが、藤井のバイト先にちょうど池内が来てましてな。それで結局、池内に話したんですわ。いずれは藤井の耳に入るはずやし、入ったら必ず姉のところへ行きますやろ。わし、明日から病院で張りますわ」

「しかし、そう狙いどおりになるかな」

熊谷がいう。島崎はそれを受けて、

「少なくとも雅子には相当のプレッシャーがかけられます。揺さぶりをかけといたら、どこかでぼろを出すはずです。ぐずぐずしてたら県警が……帳場設置の件、どないなってます」

「幸いにも、まだ要請は来てないそうや」

捜査本部の開設は県警本部長の命により署長が行う。命令であるからには、所轄署として設置を拒むことはできない。

「正直、焦りますな。ここまで来て、県警においしいとこだけさらわれたらかないません」

島崎は額にかかった髪を指先でなでつけ、低くいった。

粘土の荒づけを終え、資料を横に置いて、まず花弁から作り始めた。左手に粘土、右手に黄楊のへらを持つ。へら先で表面をならしながら、粘土を盛り上げ、削り、徐々に形を整えていく。ほんの小さな瑕もあってはいけないから、慎重に丁寧に、時には遠く離れて全体のバランスを確かめながら作業を進める。一日かかって花を二つ仕上げた。この調子ではあと三、四日は要る。

粘土原型が完成したら、石膏凹型をとり、次にまた石膏を流し込んで凸型にする。凸型を修正したあと、炉に入れて乾燥させ、硬度を高めれば石膏原型の出来上り。そこまでが冴子の仕事だ。あと、職人さんは石膏原型から砂型をとり、それを焼き締める。焼いた砂型にブロンズや銅、アルミといった溶けた金属を流し込む。金属が冷めて固まったら、砂型を割ってそれを取り出し、バリを削って着色。粘土から石膏、石膏から金属と素材が三種変換して、やっと透かし彫り門扉の完成となる。

作業中、冴子はずっと考えていた。きのう田村から聞いた話が頭にこびりついて離れなかった。手は無意識に動いているが、心はそこになかった。——いっそ、美和に話してしまおうか、いや、話す前に自分で確かめるべきだ。じゃ、その方法は、手段は？……分からない。分からないからといって、このまま放っておいてもいいものだろうか。なぜ部外者である私がこんなに悩まなければならないのだろう——いくら考えても堂々巡り、仕事を終え、道具をしまった時は心身ともに疲れ切っていた。のそのそとマウンテンパーカをはおり、作業室を出た。ぱったり会ったのが美和。

「さあ捕まえた。神妙にお縄をちょうだいしろ」

「でも……」

「デモもストもあらへん。今日はどうあってもつきおうてもらうからね」

美和は高らかに宣言した。

きのう、「ひよしや」からの帰り、冴子は、食事をしてディスコにでも行こうという美和の誘いを振り切った。彼女と一緒にいると、ついぽろっとあのことを喋ってしまいそうな気がしたからだ。

「ほんまに、ほんまに、切符買うて後ろ振りかえったら冴子がいてへん。先に行ったんかなと思て、慌ててホームへ入ったら、電車は出たばっかり。あわれ冴子は神隠しにあってしまいました」

地下鉄の今出川駅で冴子は美和をまいたのである。

「ごめん、急にお腹が痛くなっちゃって。昼食べたおでんがあたったみたい」

「籤腹の冴子にもそんなことがあるの」

「何よ、それ？」

「めったにあたらへん」

カクンと首が折れる。

「覚悟を決めました。どこでもお供いたします」

「とりあえずコーヒー。走って来たし、喉がからからや」

美和はすたすたと歩きだした。

札の辻バス停前の喫茶店に入った。簡単な食事もできる店だったので、美和はカツサンド、冴子はスパゲティーを注文した。美和はグラスの水を一気に飲みほして、

「ちょっと気になるんやけど、新たに検出された私らの指紋、アトリエのどこに付いてたんかな」

「だからきのうもいったように、ドア横の窓枠。私たち、窓から中を覗いたから、――」

また同じ嘘が出た。

「冴子、その話、間違いないやろね」

美和の真剣な眼差。

「ええ、確かに」

冴子は眼を逸らした。不安がよぎる。

「私、考えた。……事件があったのは二月一日、今日は二十一日。二十日間の開きがある。その間、雨も降れば木枯らしも吹く。果たして、指紋が残ってるやろか。現場検証を何べんもするやろか」

「…………」

冴子は答えに窮した。これだから思いつきの嘘なんてつくもんじゃない。それも美和を相手に……。美和は天真爛漫、衝動的に動く子供のように見えるが、その実、感性は非常に鋭く、思考の組み立てと理解力、判断力は冴子の数段上にある。

「冴子、ほんまのことというて。ベテラン部長刑事が京都まで出向いて来たからには、それ相応の理由と目的があったはずや。指紋ごときのちょっとした質問なら電話連絡でこと足りる。な、冴子、私、何を聞いても驚かへん、怒らへんと約束する。お願いやからいうて。あのミイラおじさんと何を話したん？」

美和は両の手を合わせた。冴子は逡巡する。いうべきかいわざるべきか……。さりとて、他にごまかす術もない。

「冴子のその苦しそうな顔で分かる。私にとっておもしろうない話なんやろ。それでもいいからいうて。冴子と私は友達やんか」

美和の訥々とした訴え。冴子は負けた。（これは美和とお姉さんのためなんだ）、自分にいいきかせて、冴子は重い口を開いた――。

「やっぱりね、そんなとこやろと思た。ありがとう冴子、これですっきりした」

話を聞き終えて美和はいった。表情に変化はない。あまりにもあっけらかんとしているのが冴子には不思議でならない。心配でもある。

「すっきりした、なんていって……。美和、あなた、まさか本当のお姉さんが」

「Xの共犯であると、この私が考えているとでも？」

「そんなふうには思わないけど」

「気を遣わんでもいいのよ。妹のこの私でさえ、一度は姉ちゃんが真犯人やないかなと本気で考えたことあるんやもん」

「えっ……」

「ほら、この間私、『葡萄屋』でいうてたでしょ。加川昌は逃走中、わざと自分の姿を他人に見せようとしてるのやないか……派手なジャケットを捨てもせず、髭も剃らず、まじめに逃走する気あるのか、と。私、あの時すでにXという人間の存在をおぼろげながらも考えてた。そして次の日、昌の死体が発見された。私、Xの存在をより強く意識した。Xが存在するなら、昌は自殺やない。自殺でないなら、昌を殺した犯人は……という具合に思考を進めると、姉ちゃんが容疑者になってしもたというわけ。ただ、私に分からんかったんは指紋の件。そう、ラブホテルやフェリーで検出された指紋。四六時中彫刻科に出入りしてるのに、石膏やシリコンラバーに気づかへんかったとは、この私もヤキがまわってしもた。ミイラおじさんの推論、ちゃんと理にかなってる。本物や」

解説する美和の口許にはほほえみさえある。

「じゃ、なぜそんなふうに平気でいられるの」

「もし、Xと姉ちゃんが共犯であるなら、Xは事件の朝、昌が何を食べたか知ってるはずや。そやから、フェリーの嘔吐物と昌の胃の内容物が違うということはつまり、姉ちゃんが無実であることの証明でもあるんや」

「Xとお姉さんの連絡がうまく行かなかったってこともあり得るじゃない」

つい余計なことをいってしまう。

「そのとおり。けど、私には確固たる信念がある」

「信念？」

「私が姉ちゃんの妹であり、姉ちゃんのことは一から十まで知り尽くしているという事実こそが何にも増して強い証拠や。姉ちゃんは悪いことのできる人間やない。……それに、私にはミイラおじさんの狙いが手にとるように分かる。あの人、ほんまは冴子や私のとこでなく、姉ちゃんのとこへ行きたいんや。行って訊問したいんや。けど、そんなことしたら人権問題にもなりかねへんし、必ずしも姉ちゃんの記憶喪失が偽物であると証明することもできへん。要するに、あの人には決め手がないんや。自分の推論を立証する証拠を持ってへんからこそ、私らに会いに来たんや。冴子に話をすれば必ず私の耳に入る、それで私らがどう動くか……姉ちゃんを問い詰めるかもしれへんし、ひょっとしたら自首を勧めるかもしれへん。私らが勝手にすることやから人権問題にもならへんし、推論が外れたところで自分は痛くも痒くもない。ちょっとした投資で大きな収穫、こんな効率のいい捜査方法、他にあらへんわ」

「てことは……」

「そう。私らは鼻先にニンジンをぶらさげられたお馬さん」

「いわば、一種の囮捜査？」

「そのようやね。ミイラおじさんも、県警が乗り出して来るとかで、少なからず焦ってるんやないかな」

聞いていて、だんだん腹が立って来た。

「で、お馬さんはこれからどこをどう走るつもり」

鼻息荒く訊いた。

「さあ、どうしよ。姉ちゃんにかかってる嫌疑を晴らすためには、Xを捕まえんとあかんやろね」

「田村氏は誰をXだとみなしているのかしら」

「それは、いくら天才の私でも分からへん。考える時間がほしい。あの人の言やと、Xは彫刻の世界に身を置いている人間で、いずれ近いうちに逮捕されるんやろ」

「そんな能天気でいいの？　お姉さんまで一緒に逮捕されちゃったらどうするのよ」

「ま、そう深刻にならんと。食べるもん食べて頭に栄養を行きわたらさんと、正しい推理もできへんやないの」

いって、美和は運ばれてきたカツサンドに手を伸ばした。

「どっちが妹だか分かりゃしない」

冴子は呟き、スパゲティーの皿を引き寄せた。

——食後のコーヒーを飲んでいると、

「そや冴子、これから甲陽園へ行こうな」

ふいに美和がいった。

「何をしに」

「現場検証。何かの手掛かりが摑めるかもしれん」

「現場検証？」

「そう。邸裏の雑木林を調べてみるんや。……さっきの話で私がおもしろいと感じたんは、昌の死体を雑木林に隠したというところ。私も賛成や。二月一日、昌は少なくとも十一時までは生きてた。そして、姉ちゃんがアトリエに閉じ込められたのが四時半ごろ。十一時半から四時半までのたった五時間の間に、Xは昌を殺し、嘔吐物を拭き取り、姉ちゃんを眠らせ、アトリエの密室を構成し、とせないかんことが山積してた。そやから、昌の死体を遠くへ運ぶような余裕はなかったはずや。あのあたり、いくら閑静な住宅街やいうても、昼間から死体かついでうろうろするわけにはいかへん。とりあえず雑木林に埋めておくというのが最も合理的な推論になるのと違うかな」

「でも、もう死体はないんでしょ」

「ないけど、埋めてた穴くらい残ってるはずや。ひょっとしたら、Xの遺留品を見つけられるかもしれん」

「だって、雑木林は警察が捜索しているでしょ。今さら私たちが行ってみたところで……」

「そら確かにそうやけど、今私らにできることというたらそれしかないもん。四の五のいうてんと、冴子、鋳物工場へ戻って懐中電灯を二つ借りなさい」

斜面の向こうでバキバキッと枝の折れる音がした。

「あいたたた」

美和の声。

冴子は懐中電灯の光をたよりに、声のした方に近づいた。その輪の中に美和の姿が浮かび上る。ヤマモモの木の根元にうずくまり、膝を押さえて顔をしかめている。

「どうしたのよ」

「滑ってこけたんやないの」

「そそっかしいからよ。ちゃんと足許(あしもと)を見て歩きなさい」

「たいへんや冴子、チーが出てるわ」

「どこどこ？」

ライトを寄せる。美和のジーンズの膝には泥が付いているだけ。

「血なんかないじゃない」

「何をいうてるの、ほら、ちゃんと出てるやんか」

よくよく見れば膝の上に置いた手でジャンケンのチョキを作っている。そういえば、こちら関西ではチョキのことをチーという。あまりにも子供じみた仕草に冴子はあいた口がふさがらない。

「美和、年はいくつ」

「二十歳(はたち)。あと十日やけど。お誕生日のプレゼント、何をくれる」

「これでもあげる」

グーを作って頭をコツンとやると、美和はペロッと舌を出した。

――そして一時間。邸裏から上の道路まで、さして広くもない雑木林をひととおり見分し終えた。死体を埋めていたらしき穴も、遺留品も、何も見つからなかった。ただし、落葉をかいた跡と靴跡は無数にあった。靴跡はどれもが男のワークブーツか長靴で付けられたもので、つい最近、警察による検証がなされたことを示していた。おそらく彼らも、有用な物証を得られなかったのではなかろうか。でなければ、田村が京都まで来ることはなかったはずだ。

午後十時、そろそろ引きあげないと京都へ帰れない。冴子は美和を呼んだ。返事がない。さっきまで、下のコンクリート擁壁のあたりで懐中電灯の明かりがチラチラしていたのだが。

冴子は美和を探した。どこにもいない。不安がつのる。土の中から青白い手がニュッと伸びてきて脚を掴まれそうな気がする。そう思うと、いても立ってもいられず、冴子は走り出した。擁壁の階段を駆け下りた時、アトリエの窓を細い光が薙いだ。美和だ。この寒空の下、冴子ひとりに検証させながら、自分はのうのうとアトリエで休んでいる。不安が憤懣に変わった。冴子はアトリエの中に飛び込んだ。懐中電灯をふりまわす。美和は右奥の彫塑台にもたれ、じっと立っていた。

「何してるの、こんなところで」

咎めるようにいった。

「冴子、明かりを点けて」

美和の低い声。冴子は壁のスイッチを探り、全部をオンにした。蛍光灯、スポットライト、眩しい。眼を細め、美和のそばへ行った。

「もう帰らなきゃ電車が……」

いいかけたのを、美和は手で制し、

「これ、よう見て」

足許の粘土槽を指さす。開口部の幅約二メートル、奥行き一メートル。高さ十センチほどの回り縁があって、そこに木の蓋をかぶせるようになっている。中は、床面から三十センチほど低いところに、平らに詰められた粘土。表面が乾燥してそこだけ白っぽい。長い柄のシャベルが二本刺さっている。

「美大の彫刻科の粘土槽とほぼ同じ造りね」

「粘土の下はどうなってるの」

「深さは二メートルくらいかな。底に鉄格子があって余計な水分が抜けるように作られているはず。粘土にいつも適当な硬さを保たせるよう、時々水を撒くのよ」

「粘土の量は」

「さあ……これだと三、四トンは入ってるんじゃないかな」

「使い方は」

「そのスコップで必要な量だけ粘土を掘り出すの。使ったあとはまた元へ戻して」

「水をかける、と。……こんなふうに表面を平らにならすのはどうして」

「でこぼこだと粘土が均一に柔らかくならないもの。飛び出した部分はカチカチ、引っ込んだ部分はドロドロ、どちらもすぐには使えないでしょ。……さ、分かったら早く帰りましょ」

いって、冴子は踵を返したが、美和は動く気配もなく、

「この粘土が全部なくなるようなことある？」

なおも訊く。

「作る像の大きさと使う人の数にもよるけど、せいぜい半分ってとこかな」

冴子はアトリエ内の彫塑台の寸法と数を見て、答えた。

「粘土が古うなって入れ替えるようなことは」

「まず、ないだろうね。粘土なんて腐るものじゃないし、ほとんど減りもしないから。……なぜそんなことばかり訊くの」

「タヌキの泥舟、粘土の棺桶。……灯台もと暗し」

美和は天井向いて長嘆息し、

「多分、加川昌はこの粘土槽に埋められてたんや。私が犯人ならそうする」

「でもそれは……」

「あまりにも大胆な仮説であると冴子はいいたいんやろ……けど、ここ以上に適当な死体の隠し場所どこにある？　邸の中はだめ、ガレージはだめ、庭はだめ、さりとて雑木林は土を掘り返すからどうしても不自然な痕跡が残る。……日常的に使用され、なおかつ底の方は半永久的に陽の目を見ることのないところ。充分な酸素がなく、い

つも冷たく、死体の腐敗が進みにくいところ。そして何よりも人の意表をつくところ。田村氏のいうとおり、加川昌は二月一日に死亡し、その殺害現場がこの邸内であるなら、死体を隠したのはこの粘土槽以外に考えられへん」

「じゃ、あの日、お姉さんを助け出した時……」

「そう。加川昌もこの同じアトリエの中に眠ってた。姉ちゃんは自殺、加川昌は逃走、いったい誰がこの膨大な量の粘土を掘り起こすなんて考えるやろ……よし、確かめてみよ」

いうが早いか、美和は棺桶の中に飛び下りた。シャベルを手にとってこちらに差し出し、

「ほれ、冴子。何をボーッとしてるの」

「なっ……私も手伝うの」

「あ、た、り、ま、え。冴子と私はお友達やんか」

——全体重を足先にかけてシャベルを粘土に刺す。硬い。土が粘り付く。四方に切り目を入れ、数度こねまわして、やっと豆腐二丁分くらいの粘土を取り出した。こいつは重労働だ。

下宿に帰るのは諦めた。徹夜の力仕事もまた一興、あとは野となれ山となれ、だ。

午前零時、初め膝より下だったモルタルの床面が今は胸のあたりにある。掻き出した粘土を槽のまわりに堆く積み上げているので天井以外は何も見えない。黙々と穴を掘っていると頭が空っぽになる。たまにはこういった単純労働もいい。一回で二十センチ四方の大きな塊をすくい上げた時など、何だか無性に嬉しかった。

「冴子、ちょっと見て」

振り返った美和がシャベルを差し出した。先にソフトボール大の粘土、黒い縞模様がある。

「これ、何やろ」

「さあ……」

冴子は黒い部分を指先でつまみとった。懐中電灯を点け、手許を照らす。

「カビかな」

近くでよく見ると、土の表面に黒い綿毛がびっしり付いている。ついでに鼻先へ持って来れば、ドブのような臭いがした。

「臭い、腐ってる」

冴子は粘土を放り、指先を粘土槽の壁に擦付けた。

「さっき、粘土は腐らへんというたやんか」

「そう、無機物だから腐るはずないもの」

「ほな、何で……」

「一回生の頃、彫刻科の粘土槽に雑巾が落ちてたことあるんだけど、あれはひどかったな……粘土はカビだらけ、雑巾は腐ってバラバラ、ドブの臭いが半月ほど消えなかった」

「ということは、このカビも……」

眼を輝かせ、美和は猛烈な勢いで掘り進む。

においはどんどん強くなる。下の方は黒く変色した粘土ばかり、塊と塊の間に隙間が目立つのは最近までここに大きな空間があったことを示している。

底の鉄格子が現れた。屈み込んでその奥の排水口を覗き見る。まっ黒な泥、ドブそのものだ。鼻が曲がるくらい臭い。

「冴子、どう思う」

「美和の意見に賛成。ある一定期間、何かの有機物が粘土槽の底に埋められていた。まず間違いはないね」

「よし、それで決まり。昌の死体はここにあった。……あとは物的証拠や」

いうが早いか、美和は粘土槽の隅にシャベルを立てかけ、それに足をかけてひょいと上にあがった。

「どこ行くの」

「ちょっと待ってて」

粘土の山を乗り越え、消えた。

がさごそとアトリエ内を物色しているらしい音。

しばらくのち、美和はバケツとペンチ、太いハリガネを手にして、また粘土槽の中に降りて来た。ペンチでハリガネの先を曲げて小さな渦巻きを作り、それに粘土を貼(は)り付ける。スプーンのようなものができあがった。次にそのスプーンを鉄格子の間にさしこみ、下の泥をすくってバケツの中に入れる。

「そうか……それが証拠物件ってわけね」

美和の狙いをやっと理解した。

「この泥にはきっと昌の血や嘔吐(おうと)物が混じってる。それを調べてみるんや」

美和は屈み込んだまま答えた。

泥がバケツに五分の一ほど溜(た)まったところで美和は浚渫作業を終えた。

二人は粘土槽を出た。床に積み上げた粘土を元に戻し始めたのは午前一時三十分、さすがに腕はだるく、腰がふらつく。お腹も減った。

午前三時、やっとの思いで粘土を片付けた。表面を平らにならし、足で踏み固める。もうへとへとだ。美和が水をかけている間に冴子は更衣室の中に入り、ストーブを点(つ)けた。座ぶとんを枕(まくら)にして横になる。眠い。

　ブルッとひとつ震えて目が覚めた。どうやら眠ってしまったようだ。上半身を起こして頭を振る。毛布を掛けてくれたのは美和だろう。モデル台に敷いてあったものだ。壁の時計は午前八時。ストーブの元栓が閉まっているのを確認して、更衣室を這（は）い出た。流しで顔を洗う。肌が脂ぎっている。

　アトリエを出て、美和を探した。母屋のまわり、庭、ポーチ、念のため風防室からガレージに降りてみたが、そこにも美和はいなかった。

　冴子はアトリエに戻った。土練機の横にころがっているのは例の泥を溜めたバケツ。中身がほとんどなくなっている。美和がビニール袋か何かに移し替えて持ち去ったのだ。もうここに帰って来る意思はないとみえる。

　冴子は更衣室横に積まれた石膏（せっこう）袋をひとつ下におろし、封を切った。両手いっぱいに中の石膏をすくい、それを細長く撒（ま）いて床一面に大きな字を書く。ミワノバカ——我ながらうまく書けたわいとひとり得々としている時、アトリエのドアが勢いよく開いた。顔をのぞかせたのは西宮北署の西尾刑事。

「誰や、こんなとこで何してる」

3

冴子は鋳物工場へ電話を入れ、バイトを休んだ。慣れぬ土掘り作業で体はくたくた、寝不足で頭は朦朧。その上、西尾にこってりと油を絞られた。アトリエで何をしていた、いつ来た、誰と一緒だった——質問攻めにあった。冴子は本当のことをいった。おととい、田村から雅子とXの共犯説を聞いたこと、それを美和に話したこと、雑木林の捜索をしたこと、だった。ただし、アトリエには仮眠のためにだけ入ったといい、粘土槽云々は打ち明けなかった。あの泥を美和がどう利用するか確かめてからにしようと、とっさに判断したからだ。

西尾はそれで納得したのか、一時間ほどで冴子を釈放した。その際の西尾の話しぶりから、冴子は、雅子犯人説が捜査一係全体の意見であると推察した。田村はやはり、冴子たちの鼻先にニンジンをぶらさげるために京都へ来たのだった。

美和を呪いつつ、冴子は下宿へ帰った。セーターとジーンズを脱ぎ、ふとんにもぐりこむ。二、三度あくびをして眼を瞑ると、すぐに眠り込んだ。

「冴子、冴子……」

体を揺すられた。

「ああ……美和」

また勝手に鍵をあけて押し入って来たらしい。

「寝てる暇なんかあらへんで。大ニュースや、大ニュース」

「いや。もう何もしない、どこにも行かない」

冴子はふとんをかぶって丸くなる。

「お願いやから起きて。あと一回だけ。ほんまにこれが最後やし、つきおうて」

「よくもよくもこの私を置いてきぼりにしてくれましたね。風邪ひいちゃったじゃないのよ」

ふとんの中から鼻声を出す。

「ごめん。寝顔があんまりかわいいからよう起こさんかった」

「かわいいのは寝顔だけじゃありません」

「そんなに拗ねんと。な、起きて」

「おかげで私、どんなひどいめにあったか。警察にひっ捕まって三時間も訊問をうけたんだから」

「へっ、何でまた警察が……」

「現場の再検証をしに来たようね。西尾刑事の他に鑑識の人が何人かいたから。それにしてもつまらない時にアトリエにいたもんだ」

「ほんで、冴子はどう申し開きをしたの」

「仕方ないから本当のことを申しました」

「まさか、粘土槽のことを……」

「池内冴子さんはね、そこまで喋るほど体制に迎合するヒトじゃありません。……美和こそどこへ行ってたのよ。あの泥はどうしたの」

「おっと、それや。一番肝腎なことというの忘れてた。あの泥から青酸反応が出たんや」

「何だって」

冴子はふとんを蹴って跳ね起き、

「なぜそれをもっと早くいわないの」

顔つきあわせて訊いた。

「そやから最初にいうたんやんか。大ニュースや、て」

「あら、そうだったかな」

とぼけてみせる。

「私、さっきまで京都薬科大学にいたんや。下宿のおばさんの息子さん、そこの大学院生やし、泥の鑑定をして下さいと頼んだ」

「じゃ、私たちの推理、本物だったのね」

「そう。間違いない。あの粘土槽には死体が埋められてた」

「こりゃ大変だ。美和どうする。警察へ行く？」

「あほな。ここまで来て警察になんか行けるわけない。ニンジン欲しさに決められたコース走るような情けない真似できるかいな。これから行くんは警察やのうて、深草」

「ひょっとして、大沢敏子さん？」

「当り。彼女にどうしても訊きたいことがある」

「何を」

「詳しい説明はあとで。さ、服を着なさい」

頭にセーターを投げかけられた。

むずかる昌樹を寝かしつけ、敏子はリビングルームに戻って来た。ソファに浅く坐る。

「すみません、お待たせして。ご用は何でしょう」

真向から見る昌の愛人は、色白のいかにも京美人で、頰からあごにかけてのか細い線が少しやつれた感じを与える。

「訊きにくいこと、先にお訊きします。義兄の保険金、いくらおりるんでしょうか」

美和は口を切った。まさに訊きにくい質問だ。敏子は驚いたふうもなく、

「二千万円……やと思います」

「契約は一件だけですか」

「はい。これは警察の方にもお話ししました」

「これから食べて行くの、大変ですね」

「ええ、確かに。このマンションはあの人の名義やし、保険金を全部差し出しても、買い取れるかどうか……」

敏子は膝の上で揃えた手に視線を落とし、肩はもっと落として呟くように答える。

「あの、認知はまだ完了してなかったんですね」

美和が小さくいった。

「そうです。あんな紙きれやのうて、ちゃんとした手続きしてもろたら良かったと思てます。正直いうて、お金は欲しいです。いえ、贅沢するつもりなんか毛頭ありません。昌樹が大人になるまで、肩身の狭い思いだけはさせとうないんです。あの子、父と呼べる人がいなくなったんです。それが不憫で……。けど、これも自業自得ですね。私、あなたのお姉さんに辛い思いをさせて来ました。次は私の番です。これから先、そう長くもない人生やけど、昌樹を背負うて一所懸命生きて行くことが、せめてもの罪滅ぼしになるんやないかという気がするんです」

敏子は顔を上げ、力なく笑った。眼が潤んでいる。

敏子の言葉には子を思う親の真情が溢れていた。美和のお姉さんには悪いけれど、昌の遺産の五分の一、いや十分の一でいい、この母子に進呈すべきだと冴子は思った。

「さっき、紙きれ、とかいわはったけど、それはひょっとしたら念書みたいなもんでしょうか」

美和が訊いた。

「はあ、そうですけど……」

「内容は」

「昌樹は自分の子である、昌樹が五つになるまでには認知をする……あの人が書いたんです」

それを聞いた美和は、一瞬緊張した面持ちになり、

「すみません、その念書、見せて下さい」

身を乗り出していった。

「それが……ここにはないんです。いつやったか、兄が来て持って帰ったんです。……そう、河村敦夫です。よう知ってはりますね。兄はあの念書作った時の立会人やし、それを書いてもらえというたんも兄なんです。そんなわけで預けたままになってるんやけど、何なら兄にいうて」

「いえ、結構です」

美和は慌てて手を振り、

「プライベートなこと訊いて申しわけありません」

ぴょこんと頭を下げた。さんざ立ち入ったことばかり訊いておきながら、今さらプライベートも何もない。

「最後にひとつだけ。大沢さん、義兄のこと愛してはったんですね」

「……はい」

うなだれた敏子の膝にぽつりと落ちるものがあった。

マンションを出て駅に向かう。美和は足早に前を行く。さっきから一言も発しない。

「美和、どうしたの。ちょっと変よ」

小走りで横に並び、冴子はいった。

「怒ってるみたい」

「そのとおり。何や知らんけど無性に腹が立つ。私、昌を嫌うてたけど、大沢さん母子にとっては案外いい父親であり、夫であったんやろと思う。その昌を殺し、姉ちゃんをひどいめにあわせた犯人に対して、私はほんまに怒ってる。何が何でも捕まえてやる」

美和は立ち止まり、

「冴子、よう聞いて。私、犯人が分かった」

「何だって」

「確信や、確信。敏子さんから話を聞いて、確信持ったんや」

「誰よ、誰が犯人なのよ」

上ずった声で訊けば、美和はひとつ大きく深呼吸をし、

「立彫会理事、加川塾世話人、河村敦夫。彼が犯人や」

一語一語、区切るように吐き出した。

「…………」

冴子はいうべき言葉がない。

「薬科大で検査結果を待ってる間、私、ずっと考えてた。指紋のトリック、粘土槽の利用、加川家の日常を知り得る立場、そして何より、昌と敏子さんの関係……。すべての条件にあてはまるのは、河村敦夫しかいてへんという結論に達した。で、それを確かめるべく、敏子さんに会うた……」

「どういうことなの」

分からない。詳しい説明が欲しい。

「加川昌、雅子、夫婦二人とも死亡した場合、加川家の全財産は大沢昌樹が相続する

んや」

「あん?」

美和のいうことは、いちいち人を驚かせる。

「だって、正式な認知はなされていないじゃない」

反論らしきものをしてみる。

「そう。そこに河村は目をつけたんや。認知がまだやから、加川夫婦が死んだところで、大沢敏子、昌樹母子には何のメリットもない。まして敏子の兄であり、昌の腰ぎんちゃくである河村にはデメリットしかない。と誰もが思う。私もついこの間までそう考えてた。盲点といえば、これ以上の盲点はあらへん」

「私、頭が固いのかな。よくのみこめないんだけど」

冴子は正直にいった。美和はふっと表情を緩め、

「四日前、私が大阪の保険会社へ行ったこと、冴子は知ってるね」

「そういえばそんなことあったな。『葡萄屋』とかいう喫茶店で田村氏と会った次の日でしょ」

「海難事故や航空機事故の場合、遺体がなくても保険金はおりるのか……。忙しそうにしてる従兄を無理やり食事に連れ出して、そんな質問をした。皮肉なことに、ちょうどその日の朝、昌の死体が発見されていたとは夢にも思わんかった。結局、保険金

云々についてては空振りに終ったというわけやけど、質問のあとの雑談で、私、今思えばとても重要な手掛かりを耳に入れてた。……それは、たとえ認知はされていなくても、相続人が被相続人の子供であると認めた被相続人自筆の文書があれば、家庭裁判所の裁定により、死後認知が成立する、ということやった。つまり昌と雅子の死後、昌樹の親権者である敏子さんが文書を家裁に提出しさえすれば、ほぼ確定的に加川家の全財産は昌樹が相続することになるわけ。河村はそれを知ってたからこそ、妹をたきつけて昌に一筆入れさせて、自分は立会人になったんや。文書を河村が保管しているというのもそれで納得がいく。何せ、六億円の値打ちがあるんやもん」

「じゃ、敏子さんも河村の共犯……」

「違う。あの人に犯意はない。彼女が共犯なら、そんな文書のあること絶対に口外するはずない。あの口ぶりと表情に嘘はあらへん。彼女は昌を愛してた。同じ女やし、実感として分かる」

「そうね。私もそう思った」

冴子は深く頷く。

美和は歩き始めた。

「兄に紹介されて昌とつきあいはじめたことでも分かるように、敏子さんは兄のいうがままや。加川家の財産、いずれは自分の好きなように動かそうと河村はもくろんでいたに違いない。それに、昌という重しが外れたら、対外的にも実質的にも加川塾は文字どおり河村のものになる。最有力派閥の領袖として立彫会を牛耳ることができる。……河村が事件の犯人でないなら、私、逆立ちして芸大の中を一周する。ミス日本画科のタイトルを返上してもいいわ」

誰もそんなタイトル与えてやしない。

「美和、警察に行こう。このことを話して河村を逮捕してもらおうよ」

冴子は美和の腕をとった。

「またそういう小市民的な発想をする。さっきもいうたやろ、警察は嫌いやて」

「じゃ、どうするの」

「私らの手で河村をひっ捕まえるんや。でないと腹の虫が治まらへん。警察へご注進に及ぶのは、ちゃんとした証拠を摑んでからでも遅うない」

「どんな証拠よ」

「私に考えがある。冴子はこれから学校の漆工科へ行って、生漆をもらうんや」

「生漆を……何に使うの」

「河村を捕まえるためのトリモチ」

「トリモチ……」

例によって美和のいうことは理解しにくい。頭の回転が早すぎて言葉がついて来ない。

「漆の原液で河村をからめとるんや。粘土槽の件、まだ警察は知らんはずやし、もちろん河村も知らへんから、きっとひっかかる。さ、分かったら早う行って」

「行くのはいいけど、漆をもらってから私はどうするの」

「おっと、それや。……甲陽園、駅前の喫茶店で会うことにしよ。日暮れまでに来て、な」

いうだけいって、美和はすたすたと歩き出した。

「ちょっと待ってよ。甲陽園で何をしようっていうの」

「冴子、漆にかぶれんよう気をつけるんやで」

美和は背中を向けたまま手を振った。


美和は喫茶店で待っていた。冴子を見るなり、レシートを摑んで席を立った。

加川邸までの道すがら、その企みを訊くと、何と美和は河村をアトリエに招んだという。冴子はあいた口がふさがらなかった。

加川邸に着いたのは午後五時、日はほとんど暮れていた。例によって裏の雑木林から密かに邸内に侵入した。西尾たちの姿は見当らない。

アトリエに入った。照明を点けようとして、美和に止められた。

「冴子は打合せどおり、トーチカの設営をして。暗いけど眼が慣れたらできる」

「美和は」

「私は塗師（ぬし）。……さ、作業開始」

冴子は石膏（せっこう）袋の山にとりついた。袋をひとつずつおろし、すぐ手前に積み上げる。

一袋が二十五キロ詰め、重い。

幅一・五メートル、高さ一メートル、厚さ四十センチ、L字型の壁。予定の半分ほど積んだところでひと休み、汗びっしょりだ。マウンテンパーカを脱ぎ、そばの彫塑台にかける。

ほのかな月明かりが窓から射し込む。美和はタオルで覆面をし、ボウルと刷毛（はけ）を持ってアトリエの中を徘徊（はいかい）している。時おり立ち止まっては、ボウルの中の液体を窓枠や作業台に塗り付ける。生漆の臭いがかすかに鼻を刺す。

汗がひいて背中が冷たくなって来た。冴子は石膏袋の壁を乗り越え、内側にまわった。また、石膏袋を積む。壁が高くなるにつれて、冴子の足許（あしもと）は低くなる。

一時間でトーチカ完成。前と右横を高さ二メートルの石膏袋の壁、左横を更衣室の合板パネル、後ろをコンクリート壁に囲まれた一メートル四方の空間、井戸の底にいるようだ。

「美和、もういいよ」

上に向かって呼びかけた。

「ＯＫ。私の方も終了、今行くわ」

返事があった。

美和が上から降りて来た。二人、膝つき合わせて坐る。下に湿気を遮断するための厚い発泡スチロールを敷いているから適度の弾力がある。そう寒くもない。

「なかなかに快適な住まいやないの。女二人いうのが気に入らんけど」

美和が小さくいう。

「私、小さい頃の遊びを思い出した。裏山に近所の子が段ボールや板きれを持ち寄って小さなお家を作るの。そこで、おままごとをしたり……」

「お医者さんごっこしたり……。冴子にもいたいけな少女時代があったんやね」

とは何たる言い草。

「美和、服や手に漆を付けてないだろうね。美和はともかく、私までかぶれるのは願い下げよ」

「それは心配ない。私も漆には強うないし、どこにも付かんようちゃんと注意してた。ボウルと刷毛は流しできれいに洗った。……細工は流々、あとは河村のお越しを待つだけや」

「ほんとに来るかな」

った。

「大丈夫。私のみるとこ、可能性は七〇、いや八〇パーセントはある」

「どうだかね……」

何の因果かは知らないが、二日続けてこんなところで夜を明かす自分を、冴子は嗤った。

「あった、あった、青酸反応とルミノール反応、両方あったで」

鑑識係主任が刑事部屋に飛び込んで来た。

「そうか、やっぱりあったか」

予想どおりとはいえ、あまりにもどんぴしゃりの結果に島崎の声もうわずる。

「場所はどこです、ダイニングルームですか」

報告書作成の手を休めて、西尾が訊く。

「違う。アトリエや。まっ黒けのドブくさい泥」

「ほな、あのバケツの中にあった……」

西尾のきょとんとした顔。

「どういうことや。詳しいにいうてみい」

「池内冴子を帰したあとですわ。……土練機の横に青いバケツがころがってました。中を見たら底の方に泥が付着している。まだ濡れてるし、これは池内と藤井の仕業に違いないと思て、念のため泥をビニール袋に入れて持ち帰ったんです」

「お手柄や。池内はその泥をどこからすくうて来たというた」

島崎は訊いた。

「そこまでは……」

西尾は下を向いて頭をかく。

「まあええ、それはあとで考えよ。今はあの二人を探すことが先決や。西やん、とりあえず下宿へ電話してくれ。それにしても、あいつら、村さんの話から何を嗅ぎとったんやろ」

「何のこっちゃ。わしら部外者にはさっぱり分からん」

鑑識係主任は肩をすくめながら部屋を出て行った。

下宿にも、大学にも、バイト先にも藤井美和と池内冴子はいなかった。西宮市民病院にも電話を入れ、張込み中の田村を呼んだ。二人は現れていない。

「しゃあない、これから加川邸に行こ。泥のあった場所、わしらでつきとめよ」

島崎は席を立ち、コートをはおった。

「私、冴子と別れたあと、大阪へ行った。従兄にもう一回会うて、加川家の遺産相続云々について詳しく訊いた。結果はマル。昼、冴子に説明したとおり、間違いなかった。……その確認を終えてから、私、河村に電話した」

「それで？」

「今日、西宮市民病院へ姉のようすを見に来たし、ついでに甲陽園へ寄った。アトリエを覗いてみたら、粘土槽から異様な臭いがする。中でネズミでも死んでるんやないか。放っておいたら全部の粘土が使いもんにならんようになるし、掃除しようかなとシャベルは握ってみたけど、勝手にアトリエ内をいじったらあかんと思い直して、こうして管理責任者の河村さんに連絡しました。何なら明日の朝からでも作業にかかりましょうか、とさりげなく、いかにも気のきく妹といった感じで話をした」

「河村の返事は」

「へえ、おかしなこともあるもんやな、と平静を装いながらも、掃除はしたらあかんと強く釘をさした」

「おもしろい反応ね」

「河村は来る。……それも今夜中に」

トーチカ内に陣取ってそろそろ三時間になろうか。時おり思い出したように美和と冴子は囁くような会話を交わす。

「冴子、卒業したらどないするつもり」

話題がとんだ。

「とりあえず、大学院」

「院を出たら？」

「どうしよう、野垂れ死にでもしようか」

冴子たち彫刻科の学生に「就職」という観念はまずない。就職は束縛を意味し、時間的束縛は作品の制作を妨げる。どんな貧乏暮らしでもいい、制作だけは続けたい。抽象彫刻は具象に較べて市場がないに等しく、食べられないのは分かりきっているが、だからといってすっぱり足を洗うなんて考えもしない。ただ単に作品を作りたい、自分の発想を形にしたいという半ば本能的な創作意欲があるだけだ。

「その点、日本画はいいな。少なくとも作品が売れるという可能性がある。抽象彫刻なんて……」

「シッ」

美和に口をふさがれた。身を硬くし、全神経を耳に集中する。

パタンと遠くでドアが閉まり、床を擦るような足音が聞こえる。照明は点かない。トーチカの底から仰ぎ見る天井に一瞬光があたった。懐中電灯だ。足音は向こうの隅の粘土槽のあたりでやんだ。

冴子は唾を飲み込んだ。その音がアトリエ中に響きわたるような気がする。粘土槽の蓋が開いた。ザクッというのはシャベルを粘土に突き刺す音。本当に河村が現れたのだ。

無機的なシャベルの音はいつまでも続く。何十分、いや何時間こうして息を押し殺しているのだろう。時計を見たい、時間の流れを確かめたい。ワーッと叫びたい、広いところへ出たい。そして何より、河村の姿を見たい。

「ああしんど、我慢できへん」

美和は耳許(みみもと)で囁き、腕を突っ張って腰を浮かした。そろそろと立ち上り、後ろの壁にもたれてじっとしている。冴子は脚を伸ばした。しびれていた足先に感覚が戻ってくる。むずがゆい。ザクッという音は休みなく続いている。

「冴子、ウマになって。ちょっとようす見てみるわ」

美和がいう。冴子は慎重に体を反転させ、両手、両膝をついた。恐怖感はかなり薄らいでいた。

美和の体重が腰にかかる。下の発泡スチロールに膝がめり込んで、キュッと軋(きし)んだ。意外に大きな音、心臓がせりあがる。

シャベルの動きが止んだ。

美和は中腰のまま、冴子の上で石になっている。

足音が近づいて来た。冴子は身動きならない。背中が硬直する。このまま気を失いそうだ。

すぐ隣の更衣室のドアが開いた。河村は中を見分しているのだろう。たかだか三センチ、薄っぺらい合板パネルの向こうに殺人者、息もできない。

ドアが閉まり、粘りついた空気が震えた。彫塑台がまわる。衣ずれ。

（あっ！）

冴子はマウンテンパーカを彫塑台にかけたままだったことに気づいた。血の気がひく。

石膏の壁が揺れた。美和の足がぴくんと震えた。

袋がひとつ落ちて来た。冴子のお尻をかすめ、スチロールの上で潰れる。粉が舞い上る。冴子は眼を瞑った。

またひとつ落ちた。それを背中で受けた美和は腰がくだけて冴子のウマを踏み外した。冴子も横転する。井戸の底、恐怖、痛み、悲鳴をあげないのが自分でも不思議だった。

壁がグラッと傾いた。崩れ落ちたら死ぬ。

「河村敦夫、やめなさい」

美和が叫んだ。両手を突っ張って壁を支える。冴子は足をひきずりながら立ち上った。

「危害を加えると公務執行妨害で逮捕します。このアトリエは警察が監視してます」

美和もずいぶん動転しているらしい。相当に的外れの警告だが、何もいわないよりはましだ。それでひとまず攻撃がやんだ。

「冴子、よう聞いて。このままやったら二人とも危ない。幸い、相手はまだこっちが一人やと思てる。そやから、多少の油断はある。……冴子は逃げるんや。後ろも見ずに逃げるんや。ごめん、こんなことに巻き込んで後悔してる。……三つ数えたら突撃、いいね」

嚙んで含めるように美和はいう。

「何をぶつぶついうてる。おまえ、警官やないな。雅子の妹やろ」

男の低い声。

「一、二、三」

美和は肩から壁に突っ込んだ。冴子もあとに続く。

アトリエを揺るがす衝撃、石膏袋の壁が崩れた。もうもうとたちこめる粉、床に散乱した袋、倒れた彫塑台。河村はシャベルを支えに立ち上ろうとしている。

冴子と美和はドアに向かって走った。

冴子は作業机の角で脇腹をうった。思わず蹲る。息もできない。美和が抱え起こそうとする。そこを二人まとめて突き飛ばされた。

「おまえら……」

仁王立ちの河村。今にもシャベルが振りおろされそうだ。と、その時、眼の前を黒いものが横切って河村にぶつかった。河村はドッと倒れる。その上にまたひとつ黒い影。もう何が何だか分からない。冴子は這う。腰が抜けた。

突然、照明が点いた。冴子のすぐ前にグレーのスラックス、黒のウイングチップ。

「大丈夫、もう大丈夫や」

軽く頭を撫でられ、上を向いた。それが島崎だと知った時、冴子の意識はふっと途切れた。

4

「ええ、どうなんや。そろそろ吐いたらどないや」

田村が取調べ室の古びた机を叩く。河村は相も変わらぬ無表情、島崎と田村を交互に見る。

「アリバイはない。動機はある。いったい何を拠り所にそこまでがんばるんや、え。きのうの晩かて、わしらがアトリエ覗くのあと一分遅れてたら、おまえ、あの女子大生を殺してたんやぞ」

「殺すやて、大それたことを。いいがかりもええとこですわ。私はあのアトリエの、いわば管理責任者です」

「それがどないした」

「そやから、きのうもアトリエ覗いてみたら、更衣室のあたりで物音がする。こら泥棒や思て、シャベルかまえて近づいた。ほな突然、石膏袋の山が崩れて中から人間が飛び出して来た。私、びっくりして……相手が女やて、気いつきませんがな」

「あの二人の言い分とはえらい違いやな」

「私、嘘はいうてません」

「ほなおまえ、粘土槽掘りかえしてたことについてはどう説明するんや」

「そんなこと知りますかいな。あの女子大生の仕業ですやろ」

河村はしゃあしゃあと答える。田村は顔を紅潮させ、

「ええ加減にせんかい。そんな子供騙しの言い逃れがわしらに通用するとでも思とるんか」

骨ばった拳でまた机を叩いた。アルミの灰皿が跳ねる。

「粘土槽の中、おまえの足跡だらけやないか」

「………」

都合の悪いことを訊かれると、河村は返事をしない。眼を瞑り、俯いて嵐が過ぎるのを待っている。

「おまえは加川昌の死体を埋めた痕跡を消すための隠蔽工作をしてた。……粘土槽の底の泥から血液と青酸の反応が出たんやぞ。それに、おまえの服、あちこちに漆が付着してる。革手袋にもべっとり付いとる。長時間アトリエの中にいてたという証拠やないか」

「…………」

「あの漆はな、犯人が現れることを予測して、女子大生がアトリエのところどころに塗り付けたもんや。犯人を取り逃がしても、あとでかぶれが出るから、犯人を見分けるための手掛かりになる。素人探偵としてせいいっぱいの仕掛けや。その罠におまえはまんまとひっかかった。……どや、申し開きがあるのなら、してみせんかい」

一気にたたみかけて、田村は椅子に背中をもたせかけた。

「刑事さん……」

河村が顔を上げた。喋る気になったのか。

「何や」

田村は優しく応じた。

「薬、ありませんかね、痒みどめの薬。もう体中が痒うて痒うて」

「ばかたれ！」

部屋が震えるほどの田村の声。

こいつ、ほんまにしたたかや――。島崎はこめかみをゆっくり揉む。

ノックがあって、西尾が顔をのぞかせた。眼で島崎を呼ぶ。島崎は西尾と交代して取調べ室を出た。

刑事部屋には浜野がいた。よれよれのコートを脱ぎながら、

「主任、ありました。駐車伝票が残ってました。新甲陽口の私営駐車場です。白のセドリック。レンタカーでしたわ」

「やっぱりな」

「ナンバーを照会したところ、セドリックの所有者は京都市右京区山ノ内の『新京レンタカー』。一月三十一日の昼に借りて、二月五日の晩に返してます。借りた客の名は、河村敦夫」

「駐車場の方は？」

「入庫が二月一日の午後五時二分。出庫は二月五日午後六時五十八分。入庫時刻は、新甲陽口から加川昌らしき客を空港まで運んだというタクシー運転手の証言にぴったり一致します」

「面は」

「写真を見せて、レンタカー屋の従業員と駐車場のおやじ、両方から確認とりました。間違いありません。河村敦夫です」

「伝票、どこや」

「これです」

浜野は内ポケットから数枚の紙を取り出した。島崎はそれを受け取り、

「これであいつも年貢を納めたというわけか……」

伝票をひらひらと振ってみせた。


美大本館の正面階段を上ろうとして、二階から降りて来た美和に出会った。

お互いをしげしげ見つめたあと、

「ひどい顔やな。そのサングラス、全然似合ってないわ」

「美和こそ。もっときれいなマスクをつけなさいよ」

「どっちもどっち。低次元の争いやな」

「ほんとに、ね……」

「ところで、冴子、どこ行くの」

「学生課。バイトを探しに」

「鋳物工場、クビになったんやてね」

「なぜ知ってるの」

「さっき、工場へ電話したんや。冴子を呼び出そうと思て」

悪い予感がする。

「いいえ、私はもうどこにも行きません。誰が何といおうと絶対に何もいたしません。いっておきますけどね、鋳物工場をしくじったのは三日も続けて欠勤したから。それも、誰かさんのおかげで」

「それをいわれるとまことに辛い。今度、食事おごるわ」

「いいわよ、もう……」

美和に何か食べさせてもらうとろくなことがない。

「ま、そういわんと話聞いて。もうすぐここに刑事さんが来るんや」

「えっ……また、あのミイラおじさん？」

「違う。主任の島崎さんがお礼と見舞いと報告をかねて、ご挨拶にいらっしゃるんや。冴子が嫌なら別に同席してもらわんでもいいけどね」

「そういう話ならお聞きします。私、時間だけは充分にあるのよ。何しろ、失業中だから」

「また、それをいう」

美和は口をへの字に曲げた。

待つこと一時間、約束の時刻に五分遅れて島崎が現れた。七、三にきっちり梳き分けた髪、オフホワイトのステンカラーコートにキャメルのマフラー、今日はやり手の商社員か高級官僚といった感じ。刑事というイメージからは程遠い。

島崎は美和と冴子の顔を見て一瞬啞然としたが、すぐに平静な表情を作り、

「この間はどうも……えらいことでしたな」

「いえ、危ないとこを助けていただいて。……あの、立ち話も何ですから、こちらへ」

二人は島崎を学生食堂に案内したが、

「今日は天気もええし、お日さんの下で話しませんか」

島崎の誘いで外へ出た。池の端の石造りのベンチに三人並んで坐る。風もなく、柔らかい日射しが心地よい。お尻が冷えるのが難点だけど。

「鯉、ですな」

島崎は池を眺めていう。

「たくさんいてます。写生することが多いから、私ら日本画の学生が世話してるんです。みんな名前がついてるんですよ」

「ほう、どんな……」

「あれがカンディンスキー、こっちの二色になったのが光悦、あのまだら模様がポロック――」

冗長な会話。まことにのどかではある。

島崎は上体を屈(かが)めて足許(あしもと)の枯草をむしった。池に向かって投げる。落ちた草を鯉がつつく。

島崎は手の土を払って、

「河村敦夫、きのうの夕方、全面自供しました」

間合いを計ったように口を開いた。

「なかなかにしたたかなやつでしぶとくがんばってたんやけど、決定的な証拠をつきつけたら、案外あっけなく落ちましたわ」

「決定的な証拠というのは、漆ですか」

すかさず美和が訊(き)く。

「いや、駐車伝票と、クラウンのトランクから発見した加川昌の毛髪、及び車内の後部シートにあった嘔吐(おうと)物の痕跡(こんせき)、その三つです」

「そうですか、漆やなかったんですか」

美和はがっかりしたようにいう。

「あれはあれで充分な効果がありました。河村のやつ、体中をかきむしってもう七転八倒。顔なんか倍ほどに腫(は)れあがってますわ」

島崎が気を遣う。

「やったね」

美和は指を鳴らす。

「すみません、さっきの証拠、もうひとつぴんと来ないんですけど」

冴子はいった。

「無理もありませんな、詳しいことを知らんのやから。……まず、河村の行動から説明しましょか」

島崎はゆっくり話し始めた。

二月一日の犯行以前、河村は——

一、「徳島正一」の名で全日空三六便の航空券を予約、購入した（神戸市内の交通公社）。適当な偽名（安井謙次）で日航一二五便の航空券を予約、購入（西宮北口の交通公社）。

二、犯行に使う小道具（青酸カリ、細引き、タオル、鉛管服、革手袋、目出し帽、ロープ、つけ髭、サングラス、ドライアイス）を用意した。

三、京都でレンタカー（加川昌の車と同じ白のセドリック）を借り、西宮へ行った。甲山麓の北山記念病院駐車場にセドリックを駐めた（ここは資産家老人を対象に、保養、リハビリを専門に行う病院であるため、人の出入りが少ない。また、駐車場と病院が離れているので駐車場管理がなく、人目につきにくい）。

——二月一日、犯行当日。

早朝、自分のクラウンを運転して甲陽園へ。加川邸から歩いて五分の甲陽浄水場に車を駐めた。

雑木林から加川邸へ侵入。風防室よりガレージ内に入り、ベンツのグローブボックスからシャッター開閉用のリモコンスイッチを盗む。

クラウンに乗って新神戸駅へ行き、タクシー降り場附近で加川昌を待つ。

十時二十分、昌と会い、彼をクラウンに乗せた（今日のオープニングパーティーの席上、新しい理事になった会員の昇格披露がある。ついては認定状と副理事長印が必要である。これから自宅へ帰り、すぐに作成してほしいという口実）。

加川邸附近にさしかかった時、魔法瓶に入れた青酸入りコーヒーを昌に勧めた（昌は無類のコーヒー好き。熱いブルーマウンテンをブラックで飲む。河村は昌を車に乗せる時、魔法瓶を用意しておく習慣が以前からあった）。

加川昌、絶命、嘔吐物がクラウンの後部シートに散った。

北山記念病院から二百メートルほど離れた松林の中にクラウンを乗り入れた。周囲に細心の注意を払いながら、車内の昌の死体を毛布にくるんだ。シートの嘔吐物を拭き取る。

病院駐車場まで歩き、駐めておいたセドリックに乗る。松林へ。

そこでクラウンからセドリックのトランクに死体を移した。クラウンを運転、病院へ。

駐車場奥の片隅にクラウンを駐めた後、歩いて松林に引き返し、セドリックに乗った。加川邸へ。

十一時三十分。加川邸着。ガレージに入る（ここを斜め向かいの家の主婦に目撃された。ガレージ内にはベンツとセドリックが駐められていたが、主婦の立っていた場所からは、視角的に中の車までは見えない）。

鉛管服、革手袋、目出し帽を身につけ、風防室より母屋に侵入。二階突き当りの自室で、なつめに紗を張っていた雅子を後ろから襲った。雅子、気絶。散乱した筆、絵皿などを手早く整理。

雅子の寝室へ行き（加川夫婦は寝室を別にしていた）、ベッド脇のサイドボードから睡眠薬を取り出した（雅子が薬を常用していることは、昌から聞いていた）。

雅子をアトリエに運ぶ。更衣室で両手足を縛り、眼隠しをした。

ガレージに戻り、昌の死体をアトリエに運んだ。ブラインドを閉じ、カンヌキをおろす。石膏をボウルに溶き、そこに昌の右掌を押しつける。硬化した石膏型にシリコンを流し込む。それらの作業と並行して、粘土槽を掘り返す。掌をきれいに洗ったあと、昌の死体からジャケットとデザートブーツをはぎとる。

死体を再び毛布でくるんだ。ロープでぐるぐる巻きにする。

死体を粘土槽の底に横たえ、上から粘土を入れた。途中、何度も粘土を踏み固める。最後に粘土の表面を平らにならし、水を撒いた。蓋をする。

気を失っている雅子に睡眠薬入りの水割りを飲ませる。途中、一度意識を取り戻したが、タオルで強く口と鼻を押さえたら、また気絶した。

睡眠薬とウイスキーで完全に意識を失くしたことを確認、細引きと眼隠しを外した。遺言を作成（メモ用紙とボールペンは雅子の部屋にあったものを使用）。ガスストーブのゴムホースを外し、元栓を開いた。

カンヌキにドライアイスをセット。ブラインドを元の状態にし、アトリエを出た。風防室からガレージへ。リモコンスイッチを元に戻す。

ガレージ内で鉛管服を脱ぎ、昌のジャケットを着た。コートで隠す。セドリックを運転、加川邸をあとにした（犯行に使った道具類、衣服はすべて車のトランクに）。

午後五時二分、新甲陽口そばの私営駐車場にセドリックを預けた（この伝票があとで物的証拠となった）。

近くのスーパーに入り、トイレでつけ髭とサングラスをつける。「昌スタイル」完成。郵便局前でコートを脱ぎ、芝生ジャケットを白日の下にさらす（冬の夕方ではあるが……）。加川昌生存工作の開始。

午後五時十分、流しのタクシーを拾い、大阪国際空港へ。全日空三六便に「徳島正一」名で搭乗。

午後七時、羽田着。犯行の成功を確かめるべく、加川家へ電話（誰も出ないはずなのに、男の声を聞いた時は心底驚いた。つい、『トクシマさんですか』といってしまった）。

どうにも気になってもう一度電話した。やはり同じ男が出た。警察だった（犯行があまりにも早く発覚したのが意外だった。雅子の生死は分からなかった。発覚が早いだけに生きている可能性が高いと思った）。

河村は身の危険を感じた。早く京都に帰らねばならない（事件を知った立彫会の役員連中から昌の行方を知らせよとの電話が河村の自宅へ入るかもしれない）。オープニングパーティーに遅れると、「北斗画廊」へ電話した（昌は今東京にいる、そう思わせたかった）。

午後七時三十五分、羽田発日航一二五便に搭乗。

午後八時三十五分、大阪国際空港着。タクシーに乗る。北山記念病院へ。駐めていたクラウンを運転し、自宅へ向かう。

午後十時十五分、自宅着。留守番電話のテープを再生した（鳥取の画商から一件、和歌山の地方デパート美術部から一件、いずれも簡単な事務連絡があっただけ）。

午後十時四十分、西宮北署の刑事から電話があり、加川の行方を教えてくれといった——。

「と、まあ、こういうことですわ」

島崎は大きく息をつき、コートのポケットからたばこを取り出した。火を点ける。

「ちょっと質問」

美和がいった。

「今、改めて考えてみると、河村はなぜ死体を粘土槽に埋めたんですかね。いくら発見されへんという自信があったにしろ、犯行現場に死体を隠しておくというのはあまりにも大胆すぎます」

「その大胆極まりない隠し場所を探しあてたんは、藤井さん、あんたですがな」

島崎は訝しげに応じる。

「私は犯人が偽のセドリックを使ったことなんか想像もしてなかったんです。そやから、死体が雑木林に埋められていなかったということはすなわち、アトリエの中、粘土槽が怪しいと、ごく単純で自然な推理でした」

「なるほどね。あんまり情報が多すぎるいうのも良し悪しですな。我々は犯人が車を使うたと考えてたし、死体をどこか遠くへ運んだに違いないと読んだんです。粘土槽のことはまるっきり頭になかった」

「こんなことというのおかしいけど河村は死体をセドリックに入れて、どこかへ持ち去るべきやったんですね」

「その、どこか、というのは」

「深い山の中とか、廃村とか……」

「それも、ま、一案やけど」

島崎は小さく笑って、

「その、山の中へは、いつ死体を運ぶんです」

「事件のほとぼりが冷めてから」

「冷めるまで何日かかります。その間、死体入りの車を駐車場に預けっ放しにしとく。おまけに車はレンタカー。ひょっとして、腐敗臭でもしたら、練りに練った計画はすべて水の泡。河村みたいな緻密な殺人者にとっては非常に大きな心理的抵抗がある。真冬とはいえ、空気中の死体というのは水中や土中のそれと比較して腐敗が早い。一日、地上にあった死体の腐敗進度は、水中では二日、土中では一週間以上経ったものにほぼ等しいといわれてます。その意味からも、粘土槽いうのは理想的な棺桶ではありますな。……今さらこんなことというのは、刑事としてお恥ずかしい限りやけどね」

「河村はいつ、セドリックを引き取りに行ったんです」

「二月五日、犯行の四日後ですわ。その間、レンタカー会社と駐車場には返却と引き取りが遅れる由、毎日のように電話入れてます。あいつはどこまでも用心深いやつで……ま、順序立てて説明しましょ」

島崎はたばこを揉み消した。

二月二日午前、河村は島崎の訪問を受けた。島崎の質問は立彫会の組織、機構と、加川昌個人に関することだった。また、その時点で、加川雅子は自殺未遂だと警察が判定していること、夫の昌を疑い始めていること、を知った。

二月五日、加川昌が殺人未遂の重要参考人として全国に指名手配される。それを機に、午後五時、河村は自宅を出た。阪急で西宮北口駅。そこからタクシーで新甲陽口。駐車場に預けてあったセドリックを引き取った。

午後八時二十分、レンタカー会社に車を返却（トランク内の衣服、道具類はボストンバッグに詰めかえ、自宅に持ち帰った）。

二月六日、つけ髭とサングラス、革手袋を除き、残りを生ゴミと一緒に処分。

二月七日、午前十時三十分、「阪急百貨店」のキャッシュサービスコーナーで三十万円を引き出した（口座は加川塾用に昌が開いたもので、河村は暗証番号を知らされていた）。

二月八日、午後三時、大阪ミナミの「ホテルニューライン」。従業員に昌の姿を目撃させる。湯呑み茶碗にシリコンラバーで指紋をつける。

二月九日、夜。神戸青木発今治行きのフェリー、ホワイト丸に「徳島昌治郎」の名で乗船。船内レストランで昌と同じものを食べた。（二月一日、新神戸駅から甲陽園へ向かうクラウンの車中、昌に朝食の内容を訊いた。昌はハムサンドとサラダ、コーヒーと答えた）。デザートにキウイフルーツを食べたことまでは昌はいわなかった。

二月十日、午前一時四十分、船客が寝静まるのを待って客室を出た。展望デッキへ。ビニール袋に食べたものを吐く。指先を切り、血をたらす（河村の血液型は昌と同じO型）。袋に青酸カリを入れ、混ぜる。履いていた昌のデザートブーツを脱ぎ、デッキ上に揃える。手すりに昌の指紋をつける。擬装工作完了。

つけ髭をとり、持参のズック靴を履いて、駐車場へ行く。先に目をつけておいた幌付きの青果運搬用大型トラックの荷台に潜り込む。身のまわりに段ボール箱を積み上げた。

午前十一時五十分、トラック発車。

十二時三十分、トラック停車（国道沿いのドライブイン）。隙を見て荷台から降りた。タクシーを拾い、再び今治へ。高速艇で三原、新幹線で京都、自宅へ帰り着いたのは日が暮れて間もなくだった。

二月十二日夜、クラウンで加川邸へ行き、警察の見張りがないことを確認してから、地下のガレージにクラウンを駐めた。深夜から十三日未明にかけて、粘土槽から死体を掘り出す（低温の湿った地中にあったため、死体の腐敗はさほど進んでいなかった）。毛布をはぎ、死体に緑のジャケットを着せた。臭いが洩れないよう、何重もの厚手のビニールで包み、テープで目張りをして、クラウンのトランクに入れた。毛布は焼却。

二月十三日夜、同じ神愛フェリー、オレンジ丸に車客として乗船。

二月十四日、午前二時、ビニール包みを破り、クラウンのトランクから死体を取り出して海に棄てた。

今治到着後、松山に行き、フェリーで広島に渡った。中国自動車道を京都へ――。

「自殺擬装の四日後、同じフェリーから死体が棄てられたやて、誰が考えます。ほんまにようできたトリックや。あれで、死体の胃内容物とデッキ上の嘔吐物が一致してたら、この事件は河村の勝ちということで幕が下りてたんと違いますかな」

「それだけ悪知恵の働く河村が、なぜ嘔吐物を撒き散らしたりしたんです。ちゃんと加川昌の指紋は付けたんだし、デッキ上に靴も揃えた……それで充分でしょう」

冴子は素朴な疑問を挟んだ。

「死因が違いますがな。……加川の死因は青酸中毒死。溺死ではない。そやから、死ぬ前に青酸を服みましたよ、という確かな痕跡を残しとかないかん。本意ではないだけに、河村としても辛いとこですわ。朝食後に加川は何げなくキウイフルーツを口にした。ただそれだけのことが河村にとって致命傷になった。犯罪いうのは難しい。割に合わんもんです」

「その割に合わない犯罪を河村はなぜ決行したんです。単なる財産目当てですか」

「それもある。あるけど、それが主たる目的ではない。やつの狙いは、加川塾」

「どういうことです」

「ここ数年来、加川塾を実際に切りまわしてたんは、河村なんですわ。昌はモデル料を払い、制作の場を提供する名前だけの主催者。塾の実権は河村が握ってたんです。そやから、加川昌という重しが外れた時、加川塾は名実ともに河村のものとなる。立彫会の最大派閥である加川塾の主催者、すなわち将来の理事長……と、これが第二の動機」

「第二……じゃ第一は」

「普遍的、かつ古典的な動機……つまり、怨恨というやつですわ」

——河村敦夫は加川昌を憎んでいた。

もともと、河村は加川晋の弟子であり、書生であった。年こそ四つ下だが、彫刻家として河村は昌の先輩であり、晋の生存中は昌を師と仰ぐ気持ちなどさらさらなかった。昌は河村にとって共に勉強する仲間だった。それが、晋の死後、昌は副理事長となって、河村を弟子扱いするようになった。昨日の友が今日の師である。河村は屈辱に耐え、表面上は昌に迎合した。

作家としての地位が確立された昌は遊び呆け、作品をかえりみないようになった。注文された胸像を河村に作らせ、自分のサインを入れることさえあった。

そんなある日、河村は妹の敏子から、昌と深い仲であることを打ち明けられた。河村は憤り、敏子を画廊に勤めさせたことを悔やんだ。敏子に昌と別れるようにいったが、一度結婚生活に破れている敏子は説得を聞き入れなかった。やがて、敏子は昌の紹介でクラブ勤めを始めた。そして、愛人に。河村の昌に対する恨みは決定的なものとなった。

昌と敏子の間に子供が生まれた。昌は昌樹を認知しようとはしない。敏子から相談を持ちかけられ、河村は認知問題について詳細を調べた。家裁による「死後認知」を知った時、河村は昌を殺そうと決意した。また、加川雅子も殺すべきだと考えた。加川家の財産すべてを昌樹に相続させるためには、二人とも死んでもらわねばならない。雅子に強い恨みはないが、大きな邸に住み、のうのうと漆工などしていることに以前から反感があった。自分の妹の立場を考えると、余計その思いがつのった。

河村は、昌に一筆入れさせるよう敏子にいった。それが殺人計画実行の第一歩であった——。

「何べんもいうようやけど、河村のシナリオはほんまにようできてます。捜査陣の心理と動きを予見し、あらゆる可能性を含んだ上での犯行計画です。その思いは、あいつの供述を聞けば聞くほど強うなる。我々は、河村の敷いたレールの上を寸分違わず走ってしもたんです」

——河村は最初、愛憎のもつれによる加川昌と雅子の心中ということで二人を抹殺しようと考えた。しかし、単なる心中では世間を納得させることができないのではないか……そこで、昌に雅子を殺させることにした。自殺を擬装した殺人。……雅子は密室と化したアトリエの中でガス中毒死する。これは最初自殺とみなされるはず。しかしながら、夫の昌が出頭しない。警察は昌の行方を探し、出席を予定されていた東京の展覧会のオープニングパーティーに姿を見せなかったことを知る。また、加川邸近くの新甲陽口から、昌と思われる派手なジャケットを着た男がタクシーに乗り、空港へ行った事実をつきとめる。

警察は昌を疑い、雅子の自殺に疑問を持つ。遺書とドライアイスのトリックはいずれ解明されるであろう。

以上のような理由により、昌は雅子殺しの容疑者であると断定される（これで、昌の失跡に明確な理由づけができる）。

なお、雅子は単に自殺だと判定されても一向に差し支えない。昌は妻の自殺を知り、失跡。その後、自責の念により自殺とみなされれば、これも良し――。

「と、こんな具合に河村は考えてたんやけど、思わぬ突発事態が発生した」

「突発事態……」

「あんたらお二人があの夜、加川邸に行った。それだけは河村のシナリオにはなかった。藤井さんが姉さんから制作費をもろてたことは、昌はもちろん河村には知る由もない。それにもうひとつ、あのカンヌキ……ドライアイスで凍りつくやて、思いもよらんかった。あんたらが加川家へ行ったからこそ、雅子さんは命をとりとめた。しかし、あのカンヌキが凍りついてなかったら……」

「おそらく、ガスの臭いには気づかなかったでしょうね。あの時、私がアトリエのドアを押したのは、ただ何となく、といった感じでした」

冴子は視線を宙に据え、事件当夜の行動を思い浮かべた。

島崎はふっと笑い、

「しかし、ま、藤井さんには謝らんとあきませんな。姉さんが助かったということで、我々はとんでもないことを考えた。たとえ一時期にせよ、雅子さんを疑うてしまいました」

「姉ちゃんだけやのうて、私も、でしょ」

「そんな意地の悪いこといわんでもよろしいがな。この間はお二人の危ないとこを救うたんやし、それで帳消しにして下さいな。河村は殺意なんぞなかったと言い張ってるけど、あの状況ではどうなってたか分からん」

「私ら二人、枕並べて粘土槽の中。……ぞっとしませんね」

「素人さんは探偵ごっこなんかしたらあきません。いつか大火傷(おおやけど)する」

「けど、私らが火傷し損(そこの)うたおかげで真犯人が捕まった。違います？」

美和は痛いところをつく。島崎はそれに答えず、

「事件もほぼ解決したことやし、どこかでパッとやりたいですな。近いうちに京都を案内して下さい」

「近いうちといわず、今日でもいかがです」

「それはええけど……」

島崎は美和と冴子の顔をためつすがめつし、

「月光仮面二人に挟まれて酒飲むのも、あんまりぞっとしませんな」

呟(つぶや)いて、コートのえりを立てた。

あとがき

先日、ネットオークションを眺めていて、ふと、おれの本も売ってるかいな、と思いつき、〝本・雑誌〟の『黒川博行』のページを開いてみた。九冊、売りに出ている。けっこう多いやおまへんか、と思った次の瞬間、「暗闇のセレナーデ・徳間文庫」とあるのを見てびっくりした。

おれ、『暗闇のセレナーデ』の文庫本なんか知らんで――。

あわててクリックしたら、なんと、確かにわたしの文庫本だ。クロカワマサコとかいう同じ家で寝起きしている人物がカバーの絵を描いている。悲しいかな、わたしはこの本の存在を完全に忘れていたのである。

オークションの文庫本は千二百円の値がついていた。欲しいが、自分の書いた本を買うのは洒落(しゃれ)にならない。三百円くらいなら、さっさと入札するけど……。

『セレナーデ』の文庫本、ほんまにないんかな――。

埃(ほこり)の積った書棚を隅から隅まで探したが、単行本が一冊見つかっただけで、文庫本はなかった。なんたる管理不行届であることよ。

ちなみに、わたしの初期の作品『二度のお別れ』『雨に殺せば』（文春文庫）、『海の稜線』『ドアの向こうに』（講談社文庫）はどれも一冊ずつしかなかった。四点ともわたしがカバーデザインもしたり、よめはんがカバーの絵を描いたりしていながら、この杜撰（ずさん）さなのだから情けない。

思い悩んだわたしはよめはんに相談した。

「『セレナーデ』の文庫、入札したほうがええかな」

「いくら」

「千二百円」

「やめとき」

よめはんは冷たく言い放った。「もうすぐ東京創元社から出るんやろ」

「ああ、そうやったな」少し反省する。

「それより、わたしがカバーを描いた本が家に一冊もないて、どういうことよ」

「いや、大三元や国士無双をあがっても、点棒をもろたら忘れるやないか」

「誰が麻雀（マージャン）の話をしなさいというたん」

「そやから、本を出しても、印税をもろたらあとは忘れるやろ」

「呆（あき）れた。あんたの頭はやっぱりショートしてる」

よめはんはプッとひとつ放屁（ほうひ）してスイートポテトを食いはじめた。

話は脱線したが、あとがきだ。本作は『二度のお別れ』『雨に殺せば』につづく三作目の書き下ろし長編小説で、書く前からNHK銀河テレビ小説の原作になることが決まっていた。チーフプロデューサーから直々に依頼があったからである。

わたしはテレビドラマの原作だということを強く意識した。男の刑事コンビよりは女性のコンビ、それも花の女子大生（二十数年前は確かに〝花〟だった）を主人公にし、密室、アリバイ、自殺擬装、二転三転する動機と、いろんな要素をストーリーに組み込もうと考えた。結果は、わたしの初期ミステリー群の中では『ドアの向こうに』とともにすこぶる本格風味の強いものとなり、アリバイにいたっては航空機を使った時刻表トリックまで盛り込んでいる。今回、久々に本作を読み、〝自殺未遂の姉を運び出したあとの密室構成〟には、そこまで考えて書いたんか、と我ながら驚いた。トリックの出来不出来はともかく、〝警察を出し抜いて犯人を突きとめる素人探偵〟という離れ業に、当時のわたしは挑戦していたのである。

「おれもむかしは脳味噌が詰まってた。こんなややこしいストーリーを考える頭があったんやからな」よめはんにいうと、

「それがなんで、ここまでショートしたんやろ」

「髪の毛といっしょに脳味噌も蒸発したんや」

「ほんまに薄うなったわ」よめはんはしげしげとわたしの頭を見る。

「神さま、この女の髪を減らして、わたしにお与えください」

「なんやて。もういっぺんいうてみ」

「いえ、ご意見、ごもっとも」

わたしは横を向き、たこ焼きを食う。

解説

若林踏（書評家）

魅力的な本格謎解き小説とは何か。その答えが詰まった作品が『暗闇のセレナーデ』である。

本作は黒川博行にとってデビューから数えて三作目に当たる長編だ。単行本は一九八五年八月に徳間書店から刊行された。一九八八年の徳間文庫版、二〇〇六年の創元推理文庫版に続き、角川文庫版は三度目の文庫化となる。

黒川博行といえば第百五十一回直木賞受賞作『破門』（二〇一四年、のち角川文庫）をはじめ、主にアウトローを主人公にした犯罪小説の書き手という印象が強い。だが創元推理文庫版や角川文庫版の解説で複数の評者が指摘しているように、〈大阪府警捜査一課〉シリーズや第四回サントリーミステリー大賞受賞作である『キャッツアイころがった』（一九八六年、のち角川文庫）など、犯罪小説に軸足を置く前のキャリア初期には本格謎解き小説の興趣が強い作品がひしめいているのだ。なかでも『暗闇のセレナーデ』は黒川自身が「すこぶる本格風味の強いもの」と述べる通り、謎解きミステリの名手としての著者のエッセンスが濃厚な一冊と言える。以下では本作の謎解き小説としての勘所を紹介していきたい。

まず惹かれるのは、冒頭における謎の提示である。本作の語り手である京都府立美術大学彫刻科学生の池内冴子は、親友である藤井美和とともに美和の姉である加川雅子の自宅を訪れる。雅子の夫は加川昌という著名な彫刻家で、雅子自身も高級住宅地で暮らしながら創作を行っていた。だが冴子と美和を待ち受けていたのは、アトリエ内で倒れている雅子の姿だった。ガスの臭いに満ちたアトリエから瀕死の雅子を運び出し、急ぎ消防へと電話を入れる。その後、警察到着とともに再びアトリエを訪れた冴子と美和は奇妙なことに気付く。アトリエ内の窓や入口に、すべて鍵がかかっていたのだ。雅子を運び出した際には扉は開いていたはずなのに、冴子と美和が目を離したほんのわずかの間に密室が出来上がっていたのである。

謎解き小説の本道というべき密室の登場だ。黒川は〈大阪府警捜査一課〉シリーズの第六長編『ドアの向こうに』（一九八九年、のち角川文庫）でも密室の謎を描いているが、本作における密室は事件が発覚した後に構成されるという、ちょっと風変わりなものになっている。ここが謎解きミステリとしての肝で、「どうやって密室が作られたのか」というハウダニットに加え、「なぜ密室が作られたのか」というホワイダニットも一緒に問われているのだ。黒川作品ではホワイダニットに対する興味を掻き立てるものも多く、例えば先述の『ドアの向こうに』では何故か死体の足だけがミイラ化した謎に、府警の刑事達が頭を悩ませる場面が描かれている。初期作のなかでは犯罪小説の要素が強い『切断』（一九八九年、のち角川文庫）でも、魅惑的な「なぜ」が物語のスパイスとして使われていた。不可能と不可解が同時に現れ、読者の心をがっちりと摑む。謎解きミステリの幕開けとして、これだけでもう満点である。

謎の提示に次いで感心するのは、登場人物同士の間で交わされる推理の応酬である。雅子の事件は一見すると自殺未遂に思われるものの、密室の謎や事件直後に夫が失踪していること等、不審な点が幾つか見られた。雅子が自殺したとは信じられない美和と冴子は素人探偵の役を買って出て、独自に調査を始めるのだ。この二人の掛け合いが実に楽しいのだが、大事なのは美和と冴子の会話がそのまま事件の謎を解くためのディスカッションになっていることである。よく黒川作品を評する言葉として、大阪弁による会話の軽妙さが挙げられることが多い。これを謎解きミステリの観点から見ると、登場人物たちの丁々発止のやり取りが、仮説と検証を繰り返す論理的な推理場面を構成する重要な要素となっていることに気付くのである。しかも本作では主人公コンビの他に、警察側の丹念な捜査の模様も並行して描かれており、一部では警察と素人探偵による推理合戦のような趣向も用意されているのだ。登場人物同士の会話によって絶え間なく推理が続くというのは、謎解き小説にとっての理想形というより他はない。

さらには独創的なトリックが満載である点も見逃せない。本作では密室以外にも、様々な趣向のトリックが使われており、その詰め込み具合は同時期に書かれた〈大阪府警捜査一課〉ものの作品群と比べても相当なものがある。肝心なのはどのトリックも現実空間の中で実行可能であると思えるほど、リアリティを持って描かれていることだ。日常生活にあるものを使って驚くようなトリックを創出することに執念を燃やした作家には山村美紗(やまむらみさ)などが挙げられるが、初期の創作活動における黒川博行もそうした作家の系譜に連なるのではないだろうか。『暗闇のセレナーデ』で、ぜひとも著者のトリックメーカーぶりを堪能(たんのう)してもらいたい。

本格謎解き小説としての魅力については十分に語ったと思うので、違う角度の話を少し。主人公コンビが美大生であったり、彫刻会の内情が描かれるなど、本作では美術絡みの話題が盛り込まれている。黒川は京都市立芸術大学美術学部彫刻科を卒業し、本作執筆時は高校の美術教師も務めていた。主人公の造形などに自身の経験が反映されているのである。黒川作品には古美術を巡る騙(だま)し合いの模様を描いた『文福茶釜』（一九九九年、のち文春文庫）や『離れ折紙』（二〇一三年、同）、芸術院会員の座を狙う日本画家が主役の『蒼煌』（二〇〇四年、同）など、美術ミステリの秀作が数多い。本作を読んで黒川博行の描く美術ものに興味を抱いた方は、それらの作品群にも手を伸ばしてみることをお薦めする。

　黒川自身があとがきで記しているが、もともと『暗闇のセレナーデ』はＮＨＫの銀河テレビ小説の原作として書かれたものだ。デビュー作『二度のお別れ』（一九八四年、のち角川文庫）と第二長編『雨に殺せば』（一九八五年、のち角川文庫）と、刑事達を主役にした前二作から一転して若い学生を主人公に据えたのは、映像化を意識した上での選択だったことが著者のあとがきから窺える。ドラマは一九八五年九月から十月にかけて全二十話が放送。主人公コンビは原田美枝子と熊谷真実が演じた。ちなみに、同じく銀河テレビ小説枠で『二度のお別れ』もドラマ化されている。黒田刑事は曽我廼家文童が、亀田刑事はもんたよしのりこと門田頼命が演じ、一九八五年三月に全十五話にわたって放送された。『暗闇のセレナーデ』が二度目に映像化されたのは二〇〇六年で、ＴＸＮ系列の二時間サスペンスドラマ枠である「水曜ミステリー9」において「刑事吉永誠一　涙の事件簿4　いちばん大切な死体」のタイトルで放映された。主演は船越英一郎。これは黒川の〈大阪府警〉ものの連作に登場する吉永誠一刑事を主人公にしたシリーズ作品で、『暗闇のセレナーデ』の他にも『キャッツアイころがった』などのノンシリーズや、『ドアの向こうに』『雨に殺せば』といった〈黒マメコンビ〉ものや〈ブンと総長〉ものも吉永を主役に変更して制作されており、テレビ東京系列の「金曜8時のドラマ」枠で連続ドラマ（Season1：二〇一三年一〇〜

一二月、Season2：二〇一四年一〇～一二月。ともに全9話放映）にもなっている。原作にはないオリジナルエピソードも多いが、同シリーズは黒川小説のドラマ化作品の中で最大のヒット作と呼べるだろう。

著者が謎解き志向の強い捜査小説から、アウトローたちを主人公にした犯罪小説へと創作の軸を変えていることはすでに述べた通りだ。謎解き小説ファンとしてはまことに寂しい限りなのだが、近年では大阪府警泉尾署の新垣遼太郎と上坂勤の刑事コンビが活躍する『桃源』（二〇一九年、集英社）など、初期の作風を思わせる小説も発表している。とすると『暗闇のセレナーデ』のような本格謎解きの醍醐味に溢れた著者の新作が読める可能性も、ゼロではないのかも。ここは期待して待つとしよう。

本書は二〇〇六年三月、創元推理文庫から刊行されました。
作中に登場する人名・団体等は、すべてフィクションです。
また、事実関係は執筆当時のままとしています。

暗闇のセレナーデ

黒川博行

令和4年 10月25日　初版発行

発行者●堀内大示

発行●株式会社KADOKAWA
〒102-8177　東京都千代田区富士見2-13-3
電話　0570-002-301（ナビダイヤル）

角川文庫 23362

印刷所●株式会社暁印刷
製本所●本間製本株式会社

表紙画●和田三造

●お問い合わせ
https://www.kadokawa.co.jp/（「お問い合わせ」へお進みください）
※内容によっては、お答えできない場合があります。
※サポートは日本国内のみとさせていただきます。
※Japanese text only

ISBN 978-4-04-112349-2　C0193

◇◇◇